更具体地生长

All This Wild Hope

最近一段时间，
人类让我感到怀疑，
我宁愿与他们保持距离。

兜兜转转这么多年，
我还是在寻找同样的东西：
获得完美平静的秘诀。

© Germán Nájera

Guadalupe Nettel

1973—

Pétalos y otras historias incómodas
真正的孤独

Guadalupe Nettel

广西师范大学出版社
GUANGXI NORMAL UNIVERSITY PRESS
· 桂林 ·

[墨西哥] 瓜达卢佩 · 内特尔　著

周妤婕　译

图书在版编目（CIP）数据

真正的孤独 / (墨西哥) 瓜达卢佩·内特尔著; 周好婳译. -- 桂林: 广西师范大学出版社, 2025.8.
ISBN 978-7-5598-8188-5

I. I731.45

中国国家版本馆CIP数据核字第2025FE3851号

著作权合同登记号桂图登字：20-2025-046号

ZHENZHENG DE GUDU
真正的孤独

作　　者：（墨西哥）瓜达卢佩·内特尔
责任编辑：彭　琳
特约编辑：苏　骏
装帧设计：汐　和 at compus studio
封面图片：Oakyuu栎子
内文制作：陆　靓

广西师范大学出版社出版发行

　　广西桂林市五里店路9号　　　　邮政编码：541004
　　网址：www.bbtpress.com
出版人：黄轩庄
全国新华书店经销
发行热线：010-64284815
北京启航东方印刷有限公司印刷
开本：889mm×1260mm　1/64
印张：2.125　　　字数：50千
2025年8月第1版　　2025年8月第1次印刷
定价：42.00元

献给加斯东

不完美之人，生活在不完美的世界上，

我们注定只能找到幸福的碎屑。

胡里奥·拉蒙·里贝罗《失败的诱惑》

——怪物之美从何而来？

——不自知。

马里奥·贝亚廷

目录

盆栽   1

垂睑   29

码头那边   45

百叶窗后   69

胃石   77

盆栽

我们的身体仿佛是盆栽。我们关于自身表象的理念是如此狭隘，在这种恶意的压制下，任何一片无辜的叶子都无法自由生长。

宗萨蒋扬钦哲仁波切

结婚之后，我便养成了每周日下午去青山植物园散步的习惯。这是一种摆脱工作的疲惫、逃离家务琐事的办法。如果周末在家里待着，我妻子绿肯定会指派我收拾些什么。早餐过后，我通常会随身带本书出门，穿过街区，一直走到新宿大街，然后从东门进入植物园。这样一来，我便能沿着长长的喷水池漫步，在庭院中的排排树木间穿行。天晴的时候，我就坐在长椅上阅读。要是碰上雨天，我便会走进咖啡馆——那个时段它总是空荡荡的，然后坐在窗前看书。回家时，我会从后门离开，那里的门卫总会向我友好地点头示意。

尽管我每周日都去植物园，但这么多年来，

我一直没去过里面的温室。孩提时代，我便喜欢
上了公园和树林，但从未对某种特定的植物产生
过兴趣。在我看来，公园是一个绿意弥漫的建筑
空间，只要随身带本书或是其他可供消遣的东西，
便可独自前往；甚至也可以带公司的客户去那里
谈桩好买卖。少年时代，我曾带一个女中学同学
来过这座公园，再后来，我和大学里交往的女朋
友也来过这里，但她们也从没想过要去温室里逛
逛。不得不说，温室所在的那座建筑并不算吸引
人：与其说是一个封闭的园子，它更像一座鸡舍
或蔬菜仓库。在我的想象中，温室是一个令人窒
息的地方，就像筑地市场一样令人难以忍受，尽
管它的面积要小得多，里面尽是些叫不出名字的
陌生植物。

　　然而一天下午，那座温室突然引起了我的兴
趣。我记得那是一个周四，正值桥假[1]。那一次，
我们没有去郊外游玩。空气里弥漫着一种与周日

---

[1] 指由于在周末前后有其他公休日，索性与周末连休，形成一个
三四天的"长周末"。——若非特殊说明，本书注释均为译者注

极为相似的气息，也许正因如此，我急欲去林间散步。那并不是一个适合在户外漫步的日子：出门的时候，妻子告诉我外面正在下雨。我拿起一本书和一把大伞便要离开公寓，然而，就在我要关上大楼的铁门时，绿微笑着出现在楼梯上。她穿着雨衣，说要和我一起去。

结婚之后，我们便再也没有一起去青山植物园散过步。这么多年来，它已经成了我秘密基地的一员，这些基地都是我在不知不觉中占为己有的空间，它们构成了一个庇护所，一座与世隔绝的岛屿。不得不承认，我开始担心之后每个周日绿都会陪我来。不过，我也没有试图反对。自我决定结婚的那一刻起，我便打定主意要与她分享一切，我想让她知道，我们之间没有任何秘密。

和往常一样，我们从东门进入植物园，还向门卫打了个招呼。门卫见有位女士陪我一起来，表现得很高兴。或许，他早就在猜测我的家庭状况，因为此前我从未和其他人一同来过。况且，绿和我看上去就像是一对幸福的夫妻，或者说，是"天造地设"的一对 —— 自我们结婚那天起，就听到旁人不厌其烦地对我们说起这一点，到后来，连我们自己都相信了。绿很喜欢雨天，那天她显得颇有兴致。我记得她站在伞下挥舞着双手，讲述她在青山度过的少女时光。尽管那时我们还不认识，但我也住在这个街区，因此我们都对它怀有某种特殊的感情。

"以前我和你一样，也经常来这座公园，"她说道，仿佛想为自己找回某种正当的理由，"我们居然从来没有碰到过，很奇怪对不对？"

我妻子一遍又一遍地绕着公园走，审视着周遭的一切，就像一个人回到阔别已久的领地，察觉出了因时光而衰败的痕迹。我陪在她身边，撑着那把遮住二人头顶的雨伞。她似乎会一直这样不知疲倦地走下去，却突然停下脚步，仿佛想起了什么。

"啊，当然还有……"她睁大眼睛说，"温室！"紧接着，她跑出了雨伞的遮蔽范围，奔向那座老旧的建筑。我看着她朝那扇门跑去，感到双脚轻轻陷入湿润的土地中，却没有离开原地。

然而，温室的门关着。刚才绿有多兴奋，此刻的她就有多失望。

"真想再见见那位老人。"绿感叹道。

我不知道她说的是谁，便问了一句。

"以前这里有个园丁，我常常和他坐在一起聊天。他什么都聊！除我以外，没人愿意和他搭话。我班里的几个同学说，他会让人感到胃里不舒服，仿佛是个不祥之人。但我很喜欢他，他也没给我带来过什么噩运。"

"他们真这么说？"我饶有兴趣地问道，"那你们一般都聊些什么？"

"说实话，我记不清了。大概是与植物有关的话题吧。"

"植物能让人胃里有什么不舒服的？除非有人生吃了它们，或者用它们来泡茶喝。"我说道。

我们都笑了起来，顺势换了个话题。就这样，我们在青山植物园安然地度过了那个下午剩余的时光。绿和我早早回了家，我们开始做爱，直到

陷入沉睡。星期一，我凝视着办公室的地毯，突
然发现自己一直在想着温室里的那位老人。我与
那名向我们打招呼的门卫非常熟，也认识那个会
在春天修剪灌木，在喷泉周围摆放花朵的园丁；
然而这些年来，我在这里进进出出，却从未见过
绿认识的那位老人。如果他还在公园里工作，那
么与我相比，妻子与这个地方拥有更强的联结。

　　一到周日，我便情不自禁地直奔温室，却连
个人影都没见到。我走向门卫所在的小屋，打听
起老人的去向。

　　"周日他一般不会来，"门卫回答道，"您
找他有何贵干？"我似乎在他脸上觉察出了某种
不安。

　　"我太太与他是旧相识，她托我向那位先生问
个好。"我撒谎了。

　　"他现在基本不来了，因为年纪太大，继续在
这里工作也不太合适。不过，您干吗不周六来
转转呢，兴许能遇到他。"

　　就这样，又过了一周，可我还是没见到那名

园丁。

周六，绿总是把整个下午都耗在美容院里。美容院之于绿，就像青山植物园之于我，那是她为自己保留的私人空间。在这个时间段，即便只是想到我会出现在大街上，站在美容院的窗户后面，她都会感到毛骨悚然。我则相反，一般都不知道该怎么度过周六下午的时光。有时候，我会把读过的报纸重读一遍，或者在电视上看一些体育节目。

我记得，那个周六下着脏兮兮的雨，像是融化的冰雹。和妻子不同的是，我讨厌下雨。然而那天，绿前脚刚离开公寓，后脚我便穿上雨衣，朝青山植物园走去。在那样的一个下午，那名已经上了年纪的园丁几乎不大可能在那儿工作。不过，刚走进温室，我就看到身着灰色制服的他跪在地上，翻动着一只花盆里的泥土。带着虔诚的态度，我缓缓地走近他。

"瞧瞧！"老人看到我便大声嚷嚷起来，"是什么风在周六把您给刮来了，冈田先生？"他的问题让我一时有些茫然失措。我不好意思说自己来这里是为了见他。于是，我选择绕开话题。

"您怎么知道我只在周日来呢？"我问道。

"园丁熟悉他领地上的每一条虫子，哪怕是那些偶尔出现的虫子。"

我微微一笑。他的玩笑似乎大胆了一些，但我一点也没有感受到绿提起过的那种胃部不适。恰恰相反，老人看起来很友好，让人想和他多待一会儿。就这样，我留在了温室，观察他的工作。

与花园里的其他工作人员不同，老人干活时不戴手套；他用一把很小的铲子挖土，用皱巴巴的手指拔除植物的根。如今，将近一年过去了，仅仅回忆起那些灰黑色的指甲就足以让我感到悲伤。然而在当时，他的手只是让我觉得好奇，因为它们看起来就像是精灵或某个童话人物的手。

园丁默默地回到了工作中。为了不打扰他，我在温室里转了一圈，假装对这里丰富的植物品种的名字感兴趣。但我很快便走了回去。见我再次出现，老人抬起头，向我投来一种湿漉漉的目光。他的黑眼珠似乎漂浮在硕大的眼眶里。和许多老人一样，他的表情里带着些许稚气，仿佛仍然允许世界给他带来惊喜。

"您喜欢植物吗，冈田先生？"老人用严肃的语调问我。

"坦白讲，我对它们从来都没有多大兴趣。"我回答说。

"我应该猜到的。您看起来属于那种来这里纯粹是为了散步的人。我说得对吗？假如周日您进来的时候，看到眼前的这排植物不是松树而是柏树，您也许不会在意，甚至可能都不会注意到有什么变化。"

"或许您说得对，"我承认道，"如果松树和柏树区别不大的话。"（事实上，我根本不知道柏树长什么样。）

老人默不作声地看着我。我想，对一个热爱园艺的园丁来说，我刚才说的话可能会被解读为一种侮辱。然而，不论是在他的面孔上，还是在他那黑亮而湿润的眼睛里，我都没有捕捉到任何不悦。

"这不怪您，"他终于开口了，"要想喜欢植物，就得了解它们。同样，要想讨厌它们，也得先去了解。"

"讨厌它们？"我问。

"植物也是生命，冈田先生。植物与人的关系，就像与任何其他生命体的关系一样。难道您对动物也不感兴趣吗？"

我想起自己在中学时代养过的一只狗。有一阵子，我和妹妹经常和它一起玩，然而，那段受宠的日子一过，它便被弃置在了厨房里。我甚至不记得它是如何从那儿消失不见的。

"坦白说……"我再次回答。

"不管您是怎么想的，植物比动物更让人头疼：只要无人照料，它们就会死去；简而言之，它们是一群永不满足的讨债鬼。您养过一次就知道了：从它们长出第一片叶子开始，您就要不停地为它们浇水；等它们长大了，您还得给它们换盆；也许它们还会受到虫病的侵害。您不要以为植物好打发，冈田先生，它们实在太烦人了。"

我环顾四周。温室里的所有植物看起来都排列整齐，光彩照人。似乎一切都井然有序：喜光的植物位于阳光丰沛的地方，喜阴的植物则隐没在大棚深处。看来，老人是位恪尽职守的园丁。

"既然植物这么烦人，"我问道，"为什么您还一直精心照顾它们呢？"

"可以说，这是一种承诺，"他简短地答道，"尽管并不是所有人都知道责任为何物，但还是有人充满责任感的。从接手温室工作的那天起，我就做出了照顾这些植物的承诺，因此，我会一直履行职责，直到我力不从心那天为止。"

第二天，我没有出门。考虑到周六的整个下午我都待在青山植物园，周日我便不再去了。如意料中的那样，我妻子给我安排了一大堆活儿，诸如修理厨房的门（锁坏了，需要更换），以及在浴室安装一个新置物架（她的化妆品已经放不下了），而我为了取悦她，只得一一照做。之后，我们一起看了会儿电视。尽管绿再三要求，那天下

午我们并没有做爱。我也没有向她提起过温室
的事。

就这样，我开始将前往青山植物园散步的时
间从每周日下午改为每周六下午。我一改多年来
从东门入园的习惯，直奔靠近温室的那一道门。
我不再穿行于树木间散步，也不再坐在长椅上阅
读了。看到我出现，老人并没有露出惊讶的神色，
他只是用一个肯定的微笑迎接我的到来。随着时
间流逝，他和我的交谈也愈发减少。总的来说，
他只会简单评论一下手头修剪的植物。这不禁让
我想起两个习惯于在一间办公室里工作的人之间
的那种氛围。只不过，在这种情况下，我并没有
与园丁一起工作：我只是坐在他对面，点燃一根
烟，看着他干活。渐渐地，我不但开始熟悉他的
工作，也开始对植物产生了兴趣。有些特定的植
物会格外吸引我。每当我感到疲倦了，便会告别
老人，离开温室去对面的咖啡馆里喝点东西。也
许听起来有些愚蠢，但我确实把周六下午的经历
当成了一场冒险。我不知道这到底是因为看老人

工作还是欣赏植物，或是由于事情本身的私密性，我仍然什么都没有跟绿透露。正如经常发生的那样，为了守住秘密，我不得不要些小手段。比如说，每到周日，我都会从书房里拿走一本书，假装去公园散步，但实际上，我去的是离公寓几个街区的镰彦咖啡馆。就这样，不知不觉一个月过去了，我还是没有和绿谈起这个话题。

"说到底，"我对自己说，"是她告诉了你老人的事情，而你之所以进入温室，也是受到了她回忆的鼓舞。为什么要向她隐瞒这一切呢？"那感觉就好像我在窃取她的某样东西，而且不愿归还。然而，这一行为并没有让我羞愧，反而给我带来了一种无法抗拒的快感，就像小偷守住自己的赃物一样。不管这个念头显得有多荒谬，我还是不想与妻子谈论这个话题。不过，这样的快感也持续不了多久。

正如我之前提到的那样，植物在我眼里变得有趣起来，至少不再那么枯燥乏味了。倒不是说我已经成了什么植物狂热爱好者，我只是突然察觉到它们具有某些个性。简而言之，它们不再是物品，而是活生生的存在。比如说，有一天，我注意到园丁从来不费心照料仙人掌。它们就在那里，被遗忘在干燥的铜色土壤之中。有些仙人掌直立如卫兵，另一些则像圆球，蜷缩在地表，摆出刺猬般谨慎的姿态。我走近种仙人掌的花盆，观察了几分钟。除了那种僵硬且具有防御性的姿势，它们几乎没有其他动作。绿皮上的小刺让我想到了自己两天不刮胡子的脸。我妻子曾说，我的胡子太浓密了，显得不像是日本人。除胡须之外，我觉得仙人掌和我还有其他相似之处，也许正因如此，它们对我来说格外亲切，尽管也让我感到有点遗憾。和其他植物（比如蕨类植物或棕榈树）相比，仙人掌有着明显的不同。我越看越觉得自己能理解仙人掌。它们在这个大温室里肯定感到孤独，彼此间甚至无法沟通。仙人掌是温室里的异类，它们只有一个共同点，那就是与众不同，因此它们总是保持着防御的姿态。"假如我是一种植物，"我在心里承认，"那只可能是仙人掌。"

　　紧接着,一个无法回避的问题立即浮现:假如我是仙人掌,那绿是什么呢? 很显然,我选择共度余生的女人并不是仙人掌。她身上没有任何一点和仙人掌相似的地方。绿也很脆弱,但她表现的方式全然不同:她并没有时刻处于戒备状态,也没有向四面八方舞刺。她肯定是另一种植物,要柔软得多,与此同时,也没有那么难以相处。那个星期六的整个下午,我都在看温室里不同品种的植物,但找不到和绿类似的那种。

　　随着时间的推移,我在仙人掌身上找到的归属感越来越明显。在办公室,我总是坐得笔直,警觉地等待着有人推门而入,带来坏消息。每当电话响起,我都能感觉到皮肤上长出了一根崭新的刺。

　　其实,我的作风一贯如此。不管是同学还是同事,他们都拿我的严肃脾气开过玩笑,但我从未放在心上。然而,如今那一切似乎都是我性格造成的必然结果。事实很简单:我是一棵仙人掌,而他们不是。偶尔在电梯里或公司的走廊里，我可能会认出另一棵仙人掌。那时候，我们会避免对视，几乎算是勉强与对方打个招呼。

一切都像是一种解脱。从那一刻起，我不再为曾让我压抑不安的事而烦恼，比如不会跳舞这种事情。绿的舞姿撩人，总是责备我过于僵硬。"没办法了，"现在我可以这样嘲讽地回答她，"谁让你嫁给一棵仙人掌的。"多年来，在公司餐厅里遇到同事的时候，我总会虚情假意地微笑，而从那段时间开始，我不再这么做了。并不是我不再友善，仅仅是为了顺应我的本性。与预期相反，人们并没有对此感到不适。办公室的同事还说，我最近看起来"状态不错"，甚至"更自然了"。

家里的情况也发生了一些变化。没什么可说的时候，我就保持沉默。我开始拒绝与绿进行虚假的对话，不再聊她的足部护理、新衣服，以及她的朋友岛本在假期遇到的事情。尤其是，我不再因为自己对她隐瞒与园丁的友谊而感到内疚。这并不意味着我对她的爱在减少，相反，当我更加接纳自己的时候，我与世界的关系变得更好了。但绿的反应并不一样。我作为仙人掌的自我肯定，夸大了她的所有反应。她更加频繁地询问我下午的去向，甚至开始向我索求更多的性爱。在上班前的早晨和入睡前的夜晚，绿总是欲望勃发，当然，这与我作为仙人掌的本性是相悖的。

一天夜里，我被噩梦惊醒，却不记得梦里的内容。月亮几乎是满的，透过障子投下蓝色的光，将房间染亮。绿的身体几乎完全压在了我身上。她呼吸平稳，睡得很沉。她的腿和胳膊都与我的缠绕在一起，似是常春藤或忍冬藤。就这样，我察觉到妻子是一株攀缘植物，柔软，闪亮。"难怪她那么喜欢雨水，"我心想，"我却一点也受不了。"有那么几分钟，我在想绿是如何默默地渗进每一条缝隙，最终占据了我的生活。我想得越多，睡意便越少。幸好我记得第二天的安排：九点有个重要的会面。我不得不尝试入睡。

第二天早上，我好不容易才睁开眼睛，冲了一个比以往时间更长的澡。吃早餐的时候，我妻子沉默无语，似乎有什么心事。

"你还好吗？"我关切地问道，却避免与她肢体接触。

"没什么，不用担心。只是昨晚做了个梦。"

"什么梦？"我叫喊起来，声音暴露了焦躁的情绪。开口前，绿深吸了一口气。

"我梦见我们有一个孩子，一个漂亮的宝宝。我们从来没聊过这件事。"她一边说，一边用探询的目光看着我的眼睛，仿佛试图猜出我的心思。我不禁打了个寒战。

我惊慌地看向手表：已经迟到十五分钟了。

"今晚我们谈谈。我保证。"

绿和我已经结婚八年了。身边结婚的朋友几乎都有了孩子。每当被人问起，为什么我们看起来这么幸福，我们说秘诀就在于没有孩子。很奇怪，在我发现她真实属性的同一天夜里，绿梦到了孩子。

上午的那场会面彻底搞砸了。我一点也没听进去客户在讲什么，更不用说和他谈成合同了。

我决定下午给自己放个假，去青山植物园散步。为了证实自己的发现，一走进温室，我便开始寻找藤蔓植物的身影。就在那时，我差点撞上了园丁——他正像只猫儿似的刨松一个花盆里的土。我的出现好像让他大吃一惊。

"您不是应该在上班吗，冈田先生？"他嘴里问着，手里一刻不停地修剪着灌木。

"今天我下班比较早，"我几乎立刻补了一句，"您对藤蔓植物有什么看法？"

园丁将手里的剪刀扔到地上，非常吃惊地看着我。

"这种植物的力量在于，"老人对我说，"它的意志经得起任何考验。它们能从地表一直攀缘到塔尖那么高的地方。它们的优点是能在任何环境中生存，可以适应各种气候。"

园丁的语气听起来有些奇怪，仿佛要宣布什么坏消息。那一刻，我以为他什么都知道了。

"那么这种植物，"我心里越发紧张起来，问道，"它们有专门的繁殖期吗？"

老人沉默片刻，回答说：

"看情况。有些每月繁殖，有些则是每周。不然您以为它们为什么会长得那么快呢？"

"仙人掌呢？"我问道。

"仙人掌不一样。有些一生只开一次花，而且通常是在枯死之前。"说着，他起身把剪刀丢进袋子里，"跟我来，我给您看样东西。"

园丁向我展示了一个花盆，里面种着几棵仙人掌，我曾见过它们几次，不过这一次，其中一棵的顶端绽放着一朵红色的花。

"这是个特例。它可以活到八十岁，每二十年开一次花。但我要给您看的不是它，而是这里的东西。"

在种着仙人掌的花盆旁，离地面几厘米的地方摆着一只灰色的矩形容器，之前它不在那里。那天下午，老人没料到我会来，便把它摆在那儿了。容器里是青山植物园的微缩模型。里面有咖啡馆、矩形喷泉、温室，以及一排排林木、松树和樱花树。

"这是真的吗？"我惊讶地问道。说话间，我发现和老人交谈时，彼此都压低了嗓音，仿佛两个正在分享秘密的人。

园丁摇了摇头作为回答。但他的动作过于含糊，我不知道他到底是肯定还是否定。

盆栽总会让我有种恐惧的感觉，或者至少会让我产生一种莫名的反感。我已经很久没见过盆栽了，突然见到它们，而且数量如此之多，我几乎感受到一种生理性的不适。老人应该是注意到了，于是开口道：

"我和您的感受完全一样。它们的存在是非自然的。"

从一名园丁嘴里听到这样的话，我感到很意外。不过，他口中的"非自然"倒是非常贴近我对盆栽的感受。

"它们为什么会出现在这里？"我略微提高了声调，语带愤怒，"您为什么把我带到这儿来？"

"多年来，我一直在培育它们。修剪每一片叶子，眼看着它们干枯，落在花盆里的泥土上，模仿着真实树木的垂死喘息，却没有发出任何声响。冈田先生，您仔细看看它们。"老人坚持道。我小心翼翼地端详那一小截植物，仿佛答案就藏在里面。"我想，关于如何观察植物，您已经学得够多了，是时候明白这一点了。盆栽不是植物，也不是树木。树木是地球上最广阔的存在，盆栽却是一种微缩。无论它们是来自枝叶茂盛的树木，还是结满果实的树木，盆栽都只是盆栽，它们违背了自身真实的属性。"

我冒雨回了家。由于没有带伞，我的衣服湿透了。一路上，我都在想藤蔓和仙人掌。在这样的雨天，仙人掌会痛苦不堪，藤蔓却快乐自在。我爱绿，但容许他人侵占，确实违背了我的本性。同时我也想到，一株无法繁衍的藤蔓会多么失落和悲伤。

我走进家门，洗了个热水澡。绿正忙着处理一些当晚就要付印的校样，所以我们没有再谈到生育的问题。真是万幸。

周六我去了青山植物园，但温室里并没有老

人的身影。我向门卫问起老人的去向,他也解释不出个所以然。似乎公园里的人都习惯了老人会偶尔消失几天。我在咖啡馆里等了一会儿,希望他能突然出现。但很快我便意识到,这只是徒劳之举。

回家的路上,我遇到了从美容院出来的绿。每周六,她的头发都梳得非常顺滑,像是刚从淋浴间里出来,头发还湿漉漉的样子。

"你为什么这样看着我?"她问道。

"哪样了?"我回答说,"你的头发怎么了?"

"一直都这样啊。"她有些恼怒地回答。

她说得没错,不管是发型还是指甲的颜色都和往常一样。没有任何新的变化。但我仍然觉得她与以往不同,仿佛回到我身边的不是绿,而是美容院派来的替身。

"确实和之前一样。"为了结束这个话题,我回答道。我感到饥肠辘辘,不想冒着推迟晚餐的风险去进行一场愚蠢的争吵。况且,我能和她说什么呢?说今天的她看起来像是她自己的复制品?

吃晚餐的时候，我们一言不发。广播里放着安东尼奥·罗西尼的《贼鹊》。我突然发现，眼前的人其实是一株完美的盆栽。一株攀缘植物的盆栽。

我以为这种感觉会慢慢消退，然而到了晚上，睡觉之前，我重新在她脸上辨认出那些低矮盆栽的压抑之感。每当绿试图将她的藤枝延展到我身上，我都没办法接受。一个星期以来，夜夜如此。一种愈发深重的不安在我心里滋长。

有天晚上，我妻子再也受不了，终于爆发了：

"你到底怎么了？这几天你看我的眼神就像在看一个外星人！"

她说得对，但我该怎么向她解释呢？我自己都不清楚自己在想什么。

我从床上爬起来，走到卧室的阳台上抽烟。月亮渐渐暗了下来，见此情景，我心里涌起一股深沉的悲伤。绿，我的妻子，那个我决定与之共度一生的女人到哪儿去了？她就在这里，这一点毋庸置疑。但为什么我无法再像以前那样看待她了？绿就在卧室里，可她变成了一株藤蔓，就像我变成了一棵仙人掌一样。难道我们一直以来都是如此吗？怎样才能明白呢？我觉得自己仿佛被困在了一种无法摆脱的视角中，感到无比孤独。卧室里隐隐传出绿的哭声。那哭声和她本人一样，肆意蔓延，占据了我意识的每一个角落。

刚才的态度让我感到自责。如果一早就告诉她我去了温室，向她坦白我和老人的交流，事情很可能就不会演变成现在这种可怕的局面了。如果最初那个周六她和我一同前去，我们就能一起经历那段冒险了。我们俩本可以共同创造一个故事，而不是被一种像隔音玻璃的愚蠢观念隔开。我决定再也不去温室。

几个月后，绿和我分开了。

一年之后我才重新回到植物园。从园丁失约的那天开始，我就再也没去公园里散过步了。当时老人出什么事了吗？我没法不将自己和绿关系的破裂与他联系在一起。每当想起他，我内心最深处就会涌起一股浓重的哀愁，那与从胃里腾起的不安截然不同。我意识到，自己在某种程度上是责怪老人的。我觉得自己有必要把发生的一切告诉他。于是我四处寻找他，但一直没有找到。

我向值班室的门卫问起老人，他看起来像见了鬼一样惊诧。

"村上先生住院了，他病得很重。"门卫恭敬地垂下目光。

这还是我第一次听到那位园丁的姓氏。我想象着这样一个画面：可怜的老人躺在设备简陋的医院里，奄奄一息，心里还牵挂着他那些植物的命运。我想起自己和绿离开青山区，搬进婚房所在的镰彦已经十年了。我想起自己和一株攀缘植物共同生活的岁月，时光如何飞逝。我尤其记得仙人掌的寿命：在干燥的铜色土壤中，它们能活八十年，甚至更久。

垂睑

　　与这座城市的许多人一样，我父亲靠一份纯粹依仗他人的工作过活。作为一名职业摄影师，要不是吕埃朗医生慷慨相助，我父亲，连同我们一家人，早就饿死了。吕埃朗医生不仅为父亲提供了一份可观的收入，还让他有机会将自己那不可捉摸的灵感，倾注于一份机械性的、没有太多复杂内容的工作中。吕埃朗医生是巴黎最好的眼睑矫正外科医生，他任职于 15/20 医院，总是有源源不断的病患慕名前去。有些病人甚至宁可排上一年的队找他面诊，也不愿选其他名声稍逊的医生。在手术之前，我们的恩人会要求他的病患拍两组照片：第一组是五张面部特写——睁眼和闭眼的样子，以记录术前的状态。一旦病患的手术创口结疤，就可以拍摄第二组来记录术后情况。这也意味着，不管我们的客人对拍摄有多满意，这一生我们只有两次见面的机会。不过，医生偶尔也会失误——没有人是完美的，他也不例外：一只眼睛比另一只闭合得多，或是相反，张得太开。这样一来，病人又会来找我们拍一组新的照片，额外付上三百欧元，毕竟，我父亲不必为医疗事故买单。尽管人们看法不一，但眼睑矫正手术非常普遍，原因也千奇百怪。有些人是由于年龄的影响，他们因为虚荣心而不能接受面容上显现出衰老的痕迹；不过，也有人需要矫正是因为车祸让他们变得面目全非；爆炸、火灾或其他意外事故的受害者也是常客，毕竟眼部的皮肤异常脆弱。

我们的工作室靠近甘必大广场 [1]，里面挂着一些我父亲年轻时拍摄的照片：一座中世纪的桥、

---

[1] 甘必大广场位于巴黎二十区的拉雪兹神父街区，以 1882 年遇刺身亡的法国总理莱昂·甘必大（Léon Gambetta，1838—1882）命名。——编者注

一位吉卜赛女郎在她的房车旁晾晒衣物，又或是卢森堡公园里展示的雕塑。最后那张照片为他赢得了雷恩市的青年奖。只需看一眼便可知道，在那遥远的过去，这老头曾乍现过才华。他也会在墙上挂出一些近期的作品：一个有着美丽面庞的孩子——由于麻醉问题，他死在了吕埃朗医生的手术室里。他躺在手术台上，全身闪耀着，因为一束明亮得仿佛来自天堂的光从窗户斜斜地照进来，笼罩住他的身体。

当年，十五岁的我决定辍学，自此便开始在这间摄影工作室工作。我父亲需要一名助手，于是我便加入了他。就这样，我学到了眼科医学专业摄影师的技艺。不过，随着时间的流逝，我开始处理办公室里的业务，包括会计的工作。我很少到城市或乡间去寻找某个场景来激发自己捉摸不定的灵感。出去散步的时候，我一般都不会带相机，或许是忘带了，又或许是怕遗失。不过，我得承认，当我走在街上，或在某栋建筑物的走廊里穿行时，经常会突然萌生拍照的想法。和父

亲不同，我不想拍风景也不想拍桥梁，我想拍的，
是偶然在人群中发现的一些独特的眼睑。我从小
就开始观察这个人体部位，它从未让我感到厌倦，
反而令我着迷。它时隐时现，迫使人保持警觉，
以发觉真正有价值的东西。拍摄对象闭眼时，摄
影师必须避免眨眼，以捕捉眼睑如顽皮的牡蛎般
闭合的瞬间。我开始觉得，这项工作需要特殊的
直觉，就像捕虫人一样，我觉得眨眼和扇动翅膀
没有太大的区别。

我发现，很少有人对自己的工作充满激情。
从这个角度来说，我是幸运的。不过，有一点毋
庸置疑，这个活儿也会给我们带来麻烦。工作室
里往来着社会各个阶层的人，大多数情况下，他
们来的时候都带着绝望的心情。几乎所有出现在
工作室里的人都有惨不忍睹的眼睑，哪怕不让人
感到难受，也难免让人心生同情。这也难怪它们
的主人一心想要手术。当病人经历了两个月的恢
复期，伤口愈合之后，他们会回到工作室来拍摄

第二组照片，我们彼此都感到如释重负。矫正手术虽然很少能让病患恢复如初，但会彻底改变他们的面容、神态，以及一贯的表情。

表面上，患者的双眼看起来和谐了，然而如果仔细观察——特别是当你已经看过成千上万张被同一只手改变过的面孔，就会发现一个明显的事实：在某种程度上，他们看起来都一个样。仿佛吕埃朗医生为他的病人们打上了一个特别的标记，一个细微却不容混淆的印戳。

不管这份职业给我带来了怎样的快乐，和其他任何职业一样，它最终也会让人麻木。我记得，自工作室成立以来，很少有真正令人印象深刻的病例。每当有这样的病人出现，我都会走到在暗房准备胶片的父亲身边，悄声请求他让我来按下快门。虽然他不明白我为何一时兴起，但总是会同意我的请求。其中一次发生在去年十一月，距今已经快一年了。每到冬天，这间位于老旧工厂底层的工作室就开始变得无比潮湿，令人难以忍受。比起因工作需要而留在这个寒冷、阴暗的洞穴里，我更愿意出门溜达。那天下午我父亲不在，我站在门口，冻得瑟瑟发抖，一边靠猜测会不会下雨来打发时间，一边咒骂着那位已经迟到超过一刻钟的客户。当她的身影终于出现在铁栅栏后的那一刻，我惊讶地发现她竟然如此年轻，看起来最多只有二十多岁。她戴着一顶黑色的防水帽，雨滴顺着她的长发滑落下来。她的左眼睑比右眼睑多闭合了大约三毫米。她的双眼弥散出一种梦幻般的目光，但左眼显现出一种异常的性感，仿佛令她感到沉重。看着她的时候，我被一种奇妙的感觉笼罩着，那是一种面对过于美丽的女性时，我经常体会到的愉快的自卑感。

她慢悠悠地朝我走来，似乎对迟到这件事毫不在乎。她上前问我摄影工作室在哪一层。毫无疑问，她把我当成了门卫。

"就是这儿，"我对她说，"您就站在门口。"我拉开了门闩，在她没有任何预料的情况下，用夸张的姿势打开了所有聚光灯，那一刻，仿佛是某位皇家成员出现在了舞厅门口。进门之后，她摘下了帽子，那乌黑的长发像是一场绵延的雨水。和其他前来拍照的客人一样，她向我解释说，为了解决问题，她已经约到了吕埃朗医生的面诊。

"什么问题呢？"我差点脱口而出，"您没有任何问题。"但我克制住了。她看起来还那么年轻……我不想说什么让她感到困扰的话，因此只发表了一句可有可无的评论：

"您不像是巴黎本地人，您从哪里来？"

"我是皮卡第人。"她腼腆地回答道。与其他病人一样，她避免和我有眼神接触。然而，在那一刻，她那回避的态度带给我的不是一贯的感激，而是一种绝望。如果那一整个下午，我都能继续凝视她那沉重而脆弱的眼睑，我愿意付出一切代价；假如那双眼睛能聚焦在我身上，我愿意付出上述两倍的代价。

"您喜欢巴黎吗？"我假装漫不经心地问道。

"喜欢，但我不能在巴黎待太久。实际上，我来巴黎只是为了做手术。"

"您放心，巴黎会留住您的。也许您现在想象不到，但有一天您会搬来这里定居的。"

女孩微笑着低下了头。

"不一定吧。我现在想赶快回到蓬图瓦兹[1]，我不想因为手术耽搁一年的时间。"

想到眼前这个女孩住在另一座城市，就足以让我沮丧了。我的心情开始陷入低谷。或许听起来有些粗鲁，我突然中断了对话，起身去拿胶片。

"坐这儿。"我一回来便催促道。在我的职业生涯中，我从未表现得如此不友好。女孩坐到矮脚凳上，她把头发向后拨开，将脸部完整地展现出来。

"我不知道有没有人对您说过，"我假装带着同情的口吻说，"手术结果从来都不是完美的。您的这只眼睛不可能做到和另一只完全一样。医生跟您提过这一点吗？"

她默默地点了点头。

"不过，医生也和我说了，两只眼睛的眼睑可

1　蓬图瓦兹（Pontoise）是巴黎的一座卫星城，距巴黎市区约 32 公里。——编者注

以恢复到同一高度。这对我来说就足够了。"

我打算给她看一些手术失败案例的照片，以此让她打退堂鼓。我还想告诉她，无论如何，经吕埃朗医生之手的病人都会被烙下不容混淆的印记，成为一个突变部族的一分子。不过由于缺乏勇气，我只是沉默地把白色背景布挂在她身后，将聚光灯对准她的眼睛。通常我按三下快门就能完事，但这回我按了十五次。要不是父亲正好回来，我可能会一直这样拍到深夜。

听到钥匙转动的声音，我立刻关掉了聚光灯。女孩站起身，去前台签支票。我发现，支票上的签名完全是属于女学生的字迹。

"请您祝我好运，"她说，"两个月后再见。"

我无法形容那个下午我陷入了怎样的沮丧。她走后，我立即把照片洗了出来。我把看起来最常规的几张塞进了带有医院印章的信封里，而把我自认为拍得最好的那张藏在了办公桌抽屉里：是张正面照，看起来梦幻又色情。

我想忘记她，可一切都是徒劳。三个月以来，我一直在等她来拍第二组照片。我带着真切的害怕，无论如何，我都不希望自己在场。每到周一，我便会查看父亲的日程表，看自己应该什么时候溜走。但她一直没有出现。

一个初夏的下午，我沿着码头漫步，希望能找到一片有趣的眼睑，就在这时，我再次看见了她。那段时间，塞纳河显得很平静，石头反射着深绿色的光泽和摇曳的波纹。她也在望着河流，我们差点迎面相撞。令我意外的是，她的眼睛还保持着原来的样子。我向她礼貌地打了声招呼，竭力掩饰我内心的喜悦，但几分钟后，我便再也忍不住了。

"您改变主意了？"我问道，"您决定不做手术了？"

"医生遇到了点状况，我们不得不把手术日期推迟到学年末。明天我就要入院了。这座城市里没有我的家人亲眷，所以我会在医院里住三天。"

"您的学业进展得如何了？"

"上周我参加了索邦大学的考试，"她微笑着说，"我想搬来巴黎生活。"

她看起来很高兴。在她的眼神里，我看到了那种患者在手术前常流露出的满含希望的神情，即便最丑陋的面容也会因此带上一丝纯真。

我邀请她去圣路易岛吃冰激凌。一支爵士乐队在附近演奏，虽然从我们所在之处看不到乐手，但旋律从码头上飘来，就像从河水里涌出来一样。阳光将她的眼睑染成了橙色。我们一起走了好几个小时，时而沉默不语，时而聊起漫步过程中的见闻，聊起这座城市，或在这座城市里等待着她的未来。如果当时我带上了相机，也许现在手里会有一些凭证，能够证明我遇见了心仪的女人，以及那是我生命中最快乐的一天。

夜幕降临，我陪她回到了她下榻的地方。那是一家靠近佳音站[1]的脏乱旅馆。我们躺在一张摇摇欲坠、随时可能垮塌的床上，共度了一夜。褪去所有衣物后，我们之间二十岁的年龄差变得更

1　巴黎地铁 8 号线和 9 号线的交会车站，站名源自附近的圣母领报教堂（Notre-Dame-de-Bonne-Nouvelle）。——编者注

加明显。我一遍又一遍地吻着她的眼睑。吻累了之后，我祈求她不要闭上眼睛，这样我就能继续欣赏那三毫米多余的眼睑，那三毫米令人发狂的性感。从我们第一次拥抱，到我疲惫地关掉床头灯的那一刻，我满怀说服她的渴望。于是，我不再克制，也不再羞怯，恳求她不要做手术，就像此刻一样，留在我身边。但她觉得我说的话是一种故作姿态，是在那样的情况下常说的夸张谎言中的一种。

那个晚上我们几乎没怎么睡。如果吕埃朗医生知道就好了！他总是要求病人在手术前绝对充分地休息。她来到手术准备室，眼袋让她显得比实际年龄大一些，但也更美了。我承诺陪伴她到最后一刻，并且，一旦她从麻醉中醒来，我就立刻去看她。但我做不到：护士一把她带进手术室，我就连爬带滚地逃了出来，直奔电梯。

离开医院的时候，我心如碎片，仿佛刚刚经历了一场溃败。到了第二天，我还在想着她。我想象着她在那个带有消毒水味、充满敌意的房间里醒来的场景。我本想陪在她身边的，但太多因素在发酵：如果看到手术后，她的眼睛变得和吕埃朗医生所有病人的眼睛一样，那我对她的回忆，她原来那双眼睛在我心里的影像，便会从我的记忆中消失。

自那以后的某些午后，特别是在客户对我们的服务不满意的艰难时期，我会把她的照片放在写字台上，凝视几分钟。每当这样做时，我就会感到一阵强烈的窒息感，以及对我们的恩人无尽的憎恨，仿佛他的手术刀也以某种方式残害了我。从那以后，我再也没带相机出过门，塞纳河的码头不再给我带来任何神秘感。

码头那边

献给艾梅·E·鲁滨孙

每段友谊都是一场微妙的戏剧，一连串细小的伤口。

　　　　　　　埃米尔·齐奥朗《诞生之不便》

多年来，我听过各式各样对"真正的孤独"的评论。这是我的家人在茶余饭后经常谈论的话题，也是不便发表真实看法的话题之一，因为就像讨论时事或道德问题一样，很可能会陷入被误解的窠臼中。有些人，特别是那些上了年纪的人，把"真正的孤独"说成是一张在我们长年累月的编织下形成的坚固蜘蛛网。不过，也有些人把它形容为一个享有特权、任性妄为，带有非常专断的准入规则之地。然而，周围全是戴着眼镜的面孔，充斥着呷酒之声，还有满脸脂粉的阿姨婶婶，以及某个伸出黏糊糊的手去够小托盘里饼干的孩子——每到这时，面对众多言辞，我便会失去一贯的审慎，开始为"真正的孤独"辩护。因为我不无怀念地记得，在十五岁那年，我也曾寻找着那个天堂。在我看来，那里应该只住着一个女孩，她正羞怯地显露着自己又尖又瘦的胸部；穿裙子的话，她的身体显得有些臃肿，如果穿泳衣，她的身板又显得过于瘦小了。每当想起这一切，我便会涌起一股想笑的强烈冲动。于是，我小心翼翼地低下头，不让家里的任何人注意到我。但我不太可能笑出来，因为，当克拉拉一巴掌拍向孩子攥满糖果的手时，我眼前又浮现出在圣赫勒拿岛上度过的那个夏天，当年，托尼奥和克拉拉决定在那个渔岛上改造一座房子，取名"橙香满园"。这段记忆瞬间凝固了我脸上的笑意。

那时候，在墨西哥城一所破旧的高中里，没有"真正的孤独"，有的只是平庸而压抑的孤独。克拉拉是母亲最小的妹妹，而我是她的外甥女。我从不叫她"姨妈"，为的是将她与母亲其他那些在家里也穿着高跟鞋，把整个上午都耗费在美容院里的姐妹区别开来。克拉拉在一所颇有人气的小学当体育老师，那年二十八岁，有一辆没人认为可以开到海边的大众敞篷车。她还交了一个名叫托尼奥的男朋友，这让外婆很不喜欢，但仅凭这一点，他就变得可爱起来了。也是从那时候开始，我父母之间的争吵升级到了真刀实枪的地步，因此，我甚至不必开口说服他们，就得以跟着克拉拉和托尼奥到那座几近荒芜的海岛上去。当时，他俩已经以极低的价格买下了"橙香满园"。

他们开车来接我时，车里装着好几个行李箱、一台冰箱、几幅装裱好的画，以及一个修缮房子所需的工具箱。

"你想带什么就带什么。"他们一边说，一边向我展示了一个满得几乎要溢出来的箱子。我只准备了尽可能少的行李，以免在这趟寻觅之旅中分心。

经过几小时的车程，道路变成了饰满植物、咸涩海风，以及金刚鹦鹉的模型。我们下了车，然后登上将我们送往岛屿码头的船。我们抵达时已是傍晚时分，令我欣喜的是，除了几棵被风吹得摇摇晃晃的棕榈树，其余的一切都很宁静。一踏上硬地，我就知道克拉拉对家人撒了谎：岛上根本没有橙子树，那座漂亮的英式房子也几乎成了废墟，屋顶上的那层木头都快塌了。

"它看上去简直完美，这些木板很坚固。如果不下雨，很容易就能把它修好。"她带着自己特有的热情说，把手放在我脑袋上，仿佛要化解我的一切担忧。托尼奥从另一边搂住她，用他的小胡子蹭着女朋友的脖子。然而，脆弱的屋顶并没有减少我的喜悦；我确信，如果想抵达"真正的孤独"，只能在这里实现。

岛上一半的地方被渔村占了，另一半则是空旷的海滩，上面只有几座无人居住的巨大宅子。托尼奥和克拉拉的房子就在这里，他们想用两周来修缮房子，然后在此享受假期的最后一周。

在圣赫勒拿岛度过的第一周，仿佛是沐浴在太阳下的一场悠长午觉。我以为，只要到了这里，一切都会变得非常容易，只需要等着，专注于那绵延无尽的沙滩，天堂便会自己出现，用它的寂静将我包围。不管是白天还是夜晚，炎热都如此真切。下雨的可能性微乎其微，几乎就和沙地上突然长出树木一样稀罕。克拉拉和托尼奥叔叔（我喜欢这么叫他，尤其是当着外婆的面）夜以继日地修缮着房顶。我躺在沙滩上，不过总是穿戴齐全，因为一想到某个邻居会看到我穿着泳衣的身体，我就觉得难以忍受。从远处传来锤子的敲打声，还有他们三言两语的评论，构成了背景的噪声。随后，我开始试着辨认天空中云朵的形状。就在快要睡着的时候，我不知不觉地想，自己正在进入天堂。

傍晚，每当太阳的余晖像一小粒维生素 C 片溶解在水里时，他俩就会进屋洗澡，往干燥、黝黑的皮肤上涂成块的乳霜。接着就到了晚会聚餐时刻：克拉拉会在屋里点满蜡烛，将一个托盘端到餐桌前，上面盛着从墨西哥带来的海鲜罐头。他们丢不开修缮屋顶的活计，而我害怕见人，所以谁都没法去村里采购食物。不过，烛光、饥饿和休息，让这些不管是吃罐头还是其他什么的时刻，都显露出一种低调的和谐。

　　到圣赫勒拿岛的船只寥寥无几——它们每天
早上七点离开海岸，傍晚返回港口。大多数时候，
唯一的渡客是提着一篮篮水果和面包到村里去卖
的商贩。每天，他们都会拖着叫卖声或便携式录
音机的嘈杂声经过我们家门口，但短短几分钟后
便消失不见了。紧接着，海滩又恢复了原样：还
是那片与世隔绝的沙地，没有高中，没有与同龄
人（特别是男同学）交流的障碍，也没有父母那
令人羞耻的辱骂。岛上偶尔才会出现一小群游客，
他们肯定是听从了某个巧舌如簧，能把村口的废
弃住宅和果皮描述成如画风景的导游的建议。在
那些日子里，待在室内是最稳妥的，可以躲开那
些令人不舒服的目光，还有过于友善的微笑——
外国佬会跟任何愿意交谈的人搭话。不过，每次
待在家里，我都会难以控制地站在镜子前，照一
照脸上大片的粉刺和微微隆起的胸部。它们不仅
很难看，有时还会让我感到疼痛。我几乎立刻想
起了在学校听到的那些议论，想起自己在异性面
前情不自禁脸红的窘态。就这样，抵达"真正的

孤独"的念头，在我脑海里一点点消散了。

几乎每天清晨，我都会在码头等船，闻着隐约的燃料和海鲜的气味，心里盘算着这一天该如何度过。长时间盯着海面让我觉得恶心，每到这时，我会不可避免地想起生物课，想起老师如何用她那双水陆两用的手讲解生命的循环，想起鱼儿就在离我这么近的地方，泡在温热而咸鲜的汤汁里繁衍后代。克拉拉和托尼奥会有繁衍后代的打算吗？有那么几个晚上，我发现他们在门口接吻，从那里可以看到月亮溺亡在水中。不过，我觉得他们的关系还没到那一步。如果他们真的决定生个孩子，我就不会再叫克拉拉的男朋友"叔叔"了。唯一能拯救我，让我避免和他们相似的办法，就是专心寻找我的天堂。"我得忘掉一切，"我告诉自己，"在这座岛的风景里忘掉关于城市的一切。"然而，"真正的孤独"藏在一艘小船中来到这里，它在我们的海滩上待了好几天才暴露自己的存在。

米歇尔乘着一艘喧闹的船来到了圣赫勒拿岛，

与她同行的还有渔民和装着水果的大筐。远在小船靠岸之前，我就看到了海上的她。只需一眼，我便知道自己的假日安排会被扰乱：她不像是来晒日光浴的，更像是一个与我年龄相仿的家伙。她极有可能是来自某个高中的金发讨厌鬼，穿着修身的裙子来岛上转悠。但这还不是最糟的：在她赤裸的脚边放着一个巨大的行李箱，对我来说，它简直和锚一样确凿无疑。米歇尔让所有人卸下他们的货物，让身旁的女士们从水果堆里掏出便携式收音机，调好频道，又让男人们将章鱼在脚下的木板上反复摔打；紧接着，她把涂有红色指甲油的十根指头嵌进我们码头那泡发的木头里。

她用高傲的蓝眼睛审视着周围的景象，目光扫过房子、被克拉拉和托尼奥反复折腾的屋顶、废弃的棕榈叶棚、沙滩上椅子的残骸，还有一只浑身长满疥疮、踩着果皮踱步的鸡——它肯定是从村子里溜出来的。接着，她同样冷漠的眼神落到了我身上，扫过搭在我肩上的那块印有小动物图案的毛巾。她一言不发，连个手势都没打，就这样拖着行李箱，朝一座从悬崖上探出头来的巨大住宅走去。那天，她没有再露面，因此，与她打过照面的几小时后，我差一点就有勇气表现得像是没有任何人到来的样子。我担心的是，她家里可能还有人要来。我不觉得这个新来的家伙是那种可以独自度过整个假期的人。一想到可能会被她的兄弟姐妹或表亲包围，我就觉得难以忍受。我惊恐地想，也许不久之后，整座岛都会挤满穿着比基尼在沙滩上打排球的女孩，她们只是还没到而已。回屋后，我没有问起任何与米歇尔有关的事情，拒绝承认她的到来是一种无声的仪式，以此来阻止任何形式的接近。

一天晚上，当我竭尽全力继续在大厅深处寻找食物的时候，克拉拉系着一条刚拆封的红围裙，端着一个装满贝壳的木盘走进了餐厅。

"是牡蛎，"她说道，"今天上午我去村里买的。你待在码头的时候，我们出去兜了一圈。对了，你在海滩上有见到什么人吗？"

"什么人都没见到。"我感到很惊讶，但还是试图掩饰。然而，克拉拉继续说道：

"村里有人告诉我，几天前纳维尔夫人的女儿从法国来了。悬崖上的那栋房子就是纳维尔夫人的。她女儿叫米歇尔还是什么名字。那位夫人病得很重，所以一年中的绝大多数时间都住在这里。我是办理房屋手续的时候认识她的。"

我什么也没说，只是专注地用叉子追逐着牡蛎壳壁上滑溜溜的黏液。很快，风吹响了棕榈树叶，话题又变得和往常一样了。

"就差那么几锤子了，"托尼奥说，"很快我俩就能像你一样，躺在毛巾上看天空了。"

宁静是短暂的。夹杂着风声，我听到有人敲了几下客厅的窗户，力度中带着某种绝望，但我并没有提醒克拉拉他们。敲击窗户的声音越来越大，最后他俩终于从谈话中反应过来，决定出去一探究竟。显然，我的直觉并非毫无根据：说到不速之客，她便来了。窗户后面，米歇尔的头发就像在风中颤抖的棕榈叶棚顶。克拉拉打开大门，用她那教师的活跃口吻邀请米歇尔共进晚餐。

"我们在吃牡蛎，你想来点吗？"

那家伙用非常标准的西班牙语回答了克拉拉，语调中几乎毫无鼻音。

"不用了，非常感谢。其实我来是想请诸位帮个忙。"

克拉拉坐了下来，把椅背夹在两腿之间，做出一副洗耳恭听的夸张姿态。

"你说说看呢。"

法国佬似乎没有注意到克拉拉表现出的另一种活跃姿态，因为此时她的蓝眼睛正盯着我，眼神里露出一种明确无误的不悦。当然，这和我在屋里看到她的感觉是一样的。克拉拉又重复了一遍刚才说的话。

"我想去您家的屋顶上看看。"米歇尔答道。

这一次，不管克拉拉老师的回答是什么，都无法掩饰我们的困惑。

"你确定吗？"托尼奥急忙出来打圆场，"我可不觉得那是个什么有趣的地方。"

"我不是来找乐子的，"她带着几乎是生气的口吻说,"这个岛上没人想到要修一修破烂的屋顶,您家是唯一这么做的。"

托尼奥和克拉拉在沉默中反复交换眼神,把我晾在了一边。接着,他们达成了一致意见,允许米歇尔到屋顶上待一会儿,但必须在我的陪同之下。

我暗下决心,不能展现出任何友善的态度,也不会说一个字,除非某人开口问话。我先爬上屋顶,一上去就把梯子拉向自己,这样一来,那法国佬花了我两倍的时间才攀上那堵墙。她从头到尾都没有向我求助,也没让我把梯子放下去。最后,她终于在屋顶边缘坐了下来,从裙子里掏出两支烟。

"你抽烟吗?"她的语气里带着一种挑衅般的友善。

我摇了摇头。

"为什么?"她问道,嘴角仍挂着微笑。

"我不想得肺癌。"

她沉默了几分钟,随后便发起了攻击。

"好大的脾气！你这样的个性，肯定没什么朋友。"

接下来，换我沉默了许久。

"你有很多朋友吗？"我问道。

"对，我还有男朋友，他叫菲利普。等他来了，我介绍你们认识。"

我感到自己的胃在肚脐附近拧成了一个结。我不想认识任何人，尤其是另一个不甚友好的法国佬。如果他们中的任何一个开始在海滩上闲逛，我度假的目的便彻底落空了。不过，我什么也没问，只是让米歇尔一边自言自语，一边抽完第二支烟。随后我架好梯子，宣布我们该回家了。

接下来好几天我都没有再见到她。不过，我发现自己很难继续寻找"真正的孤独"，米歇尔的声音一直在我的脑海中回荡。不知不觉中，我心里不断涌起关于她的疑问：她多大了？她是怎么认识菲利普的？一天晚上，我们在厨房开罐头的时候，我问克拉拉是否去过那对法国母女家里。

"那房子漂亮吗？"

"很漂亮，但对我来说风格太现代了，"她一边回答，一边自豪地环顾着家里潮湿的墙壁，"我还是更喜欢'橙香满园'。你后来见过那女孩了吗？没有？那可怜的孩子肯定不怎么出门，毕竟她母亲病得厉害。"

"她得什么病了？"我惊讶地问道。我之前已经忘记这个插曲了。

"具体我不是很清楚，挺严重的，我想应该是肺癌。"

我布置好了餐桌，但晚餐时什么也吃不下。在克拉拉和托尼奥照常出去看月亮之前，我回到了自己的房间，在里面待了好几个小时。我尝试入睡，却听到了敲窗户的声音。

"你可以出来一下吗？"米歇尔隔着窗玻璃问道。

我猜肯定是她男朋友坐下午的船来了，她想介绍给我认识，于是我蜷缩在被子里，假装困得不行。不过，我仔细一看，发现她是一个人来的。

"你想去屋顶吗？"我问道。

"对，但我还没有征求他们的同意。"

"没事的，屋顶几乎已经完工了，"我说道，"而且这个时候你是叫不动他们的。一到晚上，克拉拉和托尼奥就变得让人很难应付，你应该知道这一点。"

我们爬上屋顶。月亮看起来像一团发光的云，而大海发出了前所未有的怒吼。我们坐下的时候，木板拖着调子"吱呀"了一声，随后紧跟着一声响亮的"咔嚓"。

"他们为什么要把你带到这儿来？"米歇尔双手环抱着膝盖，问道。她的脚指甲染成了红色，像是嵌在赤裸双脚上的十张微笑的嘴巴。

"没人带我来。我自己想来的，因为我想一个人待着。"

"你从来不和别人说话吗？在学校里也这样？"

"我讨厌学校。课间休息的时候我从不离开教室。有时候我会拿出本书来，以确保没人会打扰我。"

"显然也不会有人去打扰你的。"她说。

62

"你怎么知道？"

"哪里都一样，人们能看出来你其实很想和他们说话，只是在故作神秘。就像那天晚上你对我做的一样。"

"不是这样的。"我转过头说道。

"另一方面呢，你父母肯定很想和你说话，还想让你加入他们的谈话。这很正常，他们会意识到你对那些话题并不感兴趣。家人只会谈一些自己经历的事。幸运的是，我母亲话不多。"

"她一般都和你说些什么呢？"我问。

"没什么。偶尔会说到死亡。你家人呢？"

"他们会谈到'真正的孤独'。但我并不觉得他们有这样的体会。你男朋友什么时候来？"

"菲利普？他不会来的。我那么说是为了引起你的注意。其实，他现在已经不是我男朋友了。得知我要离开很久，他就和我分手了。他说，在墨西哥会染上奇怪的病。"

"所以，你本不该来这里。"

屋顶再次发出声响，于是我们决定立刻下去。

况且，时间也不早了。

"我得回家了，我母亲几乎每晚都失眠，她希望我能陪在她身边，"她在放好梯子前对我说道，"我觉得她害怕。"

"你不害怕吗？"我帮她下梯子的时候脱口而出，几乎下一秒就后悔这么问了。

"我也害怕，但那不一样。母亲感到害怕时，就好像她突然不再给你喂奶，就好像她突然把乳头从你嘴里挪开了。你明白吗？"

我什么也没明白，于是选择保持沉默。

"你想来随时都可以。"我站在门口对她说道。我发现她看起来很悲伤，我想拥抱她，却没有勇气这么做。

两日后又逢阴天，我整个上午都待在屋里，既没有去码头也没有去棕榈叶棚那儿。这是我们度假以来，我头一回将"真正的孤独"忘得干干净净。

到了下午，天空下起了雨。淅淅沥沥的雨点

被风拍得乱飞。克拉拉担心地叫托尼奥看窗户上的雨滴。

"不用担心,"他说,"我们的屋顶不会有事的。"

"我担心的不是这个,"她解释道,"厨房里只剩一盒哈瓦那饼干了,我们得出去采购食物了。如果这场雨变成暴风雨,可能会持续整个星期。"

"我受不了再吃那玩意儿了。"托尼奥说。

我想,这是去找米歇尔的好时机。不过,还没等我准备好踏上探险之旅,他们就不辞而别了。我有点害怕一个人留在这里,因为屋外正酝酿着一场风暴,而克拉拉和托尼奥有可能回不来了。"换成是我父母,他们肯定会带我一起走的。"我愤愤地想,随后瘫倒在客厅的靠垫上。屋子里没有一丝光亮。我想打开收音机,但由于下大雨,屋里断电了。那是我整个假期一直在寻找的完美时刻:雷声轰鸣,周遭陷入一片昏暗,雨点越来越大,越来越密。我全身心地感受着周围的一切。然而,就在天堂即将来临之际,我害怕了。

　　我跑向自己的房间，想找点东西挡雨，然后去村里找他们：我没能打开门，还没来得及再试一次，我房间的那块屋顶便塌了下来。落在我床铺和衣服上的不是毛毛细雨，而是真正的倾盆大雨。荒唐的是，我试图抢救一件此前一直放在行李箱里的毛衣，到头来却是白白淋湿了一身的衣服。我回到了仍称得上是室内的空间，用克拉拉洗完澡后穿的浴袍裹在自己身上。就在这时，我看到米歇尔的身影出现在了门口。光看她脸上的表情就足以明白发生了什么，于是我把她带到了还算温暖的客厅。我让她挨着我坐在地板上的一个靠垫上。

　　"我母亲今早去世了。"她说道。后来，那一整晚，她都没有再说一个字。

　　我知道在那一刻，再长的拥抱都不足以安慰她。我找不到任何词语，但也不希望她像之前那样，因为我坐在屋顶上拒绝回话，就误解了我的沉默。于是，我扯下身上的浴袍遮盖住左胸的布料，露出我又尖又瘦的乳房，让她靠近。她将那纤薄、冰冷、鱼嘴般的唇凑到我胸前，仿佛试图从中汲取所有必要的能量，以便驱散心中的恐惧。好几个小时过去了，她的眼泪濡湿了我自己最讨厌的身体部位。

后来，克拉拉和托尼奥也回来了，他们到的时候，哈瓦那饼干盒里只剩下几撮渣屑了。他们在村里听说了米歇尔母亲的事，所以一进门就给了米歇尔一连串拥抱，还用手拍了拍她的背，但那时她已经不哭了。一连几天都没有风暴的影子，但这天太阳又伴着雨水升了起来。上午，托尼奥去村里给墨西哥那边打电话。他回来之后告诉我们，他已经和大使馆联系过了，当晚就会有人来港口接米歇尔。他离开的时候，我们三个在屋里收拾衣服，还从我房间里翻出了些东西。克拉拉至少泡了十五杯茶，我们一起喝完了袋装的椴树叶洋甘菊茶，还抽完了米歇尔的最后几支烟。

法国女孩离开圣赫勒拿岛的方式几乎和她来时一样：她独自一人，赤着脚穿过摊贩们的喧嚣，登上码头。不久之后，我们也离开了，带走了来时为房子准备的所有物件，而托尼奥和克拉最后也没能修好我房间的屋顶。整个夏天，我从未抵达"真正的孤独"，那个不受欢迎的天堂，但我近距离看到了它——就在驶向港口的小船带着米歇尔远离码头另一端时，她蓝色的眼睛里浮现出了那个天堂。我凝视了她许久，直到小船在海面上变为一点闪烁的光芒。在那之后的数年里，每当想起圣赫勒拿岛，我便能看见她的身影。如今，被姑姑、姨妈们的喧嚷和杯盘碗盏的碰撞声包围着——每个人都在无望地叫喊，我偶尔可以在某些面孔中辨认出她的模样，但我什么都不会说，因为，当我的亲人在餐桌上谈论这些话题时，最好不要让任何人觉得被认出来。

百叶窗后

和对面的大多数公寓一样，你家的灯光也熄灭了。已经有十多分钟没人经过这条街道，湿漉漉的沥青在夜晚的路灯下闪着光。现在我看不到你了，你在十分钟前关掉了灯，窗口影像的消失让我产生你已不在里面的感觉。我可能搞错了，也许这一切都是我错误的推断，在阻隔我们的这两扇窗户后，夜晚正以不同的方式展开。

今天是这几个月来，我第一次见你带人回家。你倒了两杯威士忌，在茶几上摆了一些椒盐卷饼。她在客厅的沙发上坐下，你则把酒瓶放回了玻璃柜，仿佛这个动作预示着你们只会小酌一杯，而这个夜晚会很短暂。我从未听过你的声音，但我确信，昨天你说起话来是干脆利落的，几乎带着斩钉截铁的语气。她的眼神看起来很果断，双腿显出一种病态的样子，也许是因为穿了灰色的长筒袜。灰色是一种远看很丑的颜色。一开始，你看起来很开心，几乎显得有点兴奋。我不记得你踌躇着在她身边坐下又起身的次数了。你的嘴角带着主人的微笑，看起来却和你的沙发皮面一样假。不过，你的眼睛还是一如既往的悲伤，或许更甚。我为你感到难过。她的双腿瘦弱，胸部却很丰满，看起来富有弹性。她身上那条宽松的黑色裙子，似乎在向人发出褪去它的邀请。那一刻，我希望自己变成她，身处她的位置，得意地发现你被她的脖颈、胸部，以及那缓慢而诱惑地起伏着的领口——犹如拥有清晰航向的船只的船舵——深深迷惑。你在这场游戏中周旋，但也会不时向外面的街道张望，仿佛嗅到了某种危险。

我从来没有亮起过房间里的灯。我悄悄地走进门，将包挂在衣帽架上，在漆黑中走向我的卧室。窗帘是拉上的。自从夏天你搬进对面的楼开始，我就再也没有拉开过窗帘了。椅子也还在窗边。这是我唯一用来看你的椅子。出于某种奇怪的原因，我觉得是这把椅子给我带来了好运。

你几乎没怎么喝杯子里的酒。你让她喝完了杯中的最后一口酒，身影便从客厅的窗口消失，转而出现在厨房里，那里的光线反射在天蓝色的墙上，显得更为刺眼。你的微笑不见了。你脸上露出的是一种厌倦的表情，一种难以捉摸的神情，就像一个孩子即将哭号的样子。我看见你从冰箱里取出一些冰块，又拿了一小盒椒盐卷饼，还有一个裹在餐巾纸里的长条状物品。但你没有立刻回到客厅。你把拿出来的东西搁在水槽边，点燃了一支烟。透过客厅的窗户，我看到她拉了拉灰色的长筒袜，调整了衬衫的领口，然后静坐着等待。她的杯子里已经没有酒了，但她没有主动起身去拿酒瓶，似乎显得有点不知所措。我看到你抽了几口烟，打开了窗户，然后在阳台上掐灭了烟头。夜风拂过，但并没有拂去你脸上紧绷的神情。你重新关上窗，在门框处静立了几分钟。百叶窗只拉开了一半，但即便如此，分辨出你的轮廊依旧算不上什么难事。在那一刻，我体内爬过一丝轻微的不适，我感觉一阵眩晕。我抬起头，看到你急促地解开了自己的皮带，仿佛下一刻就要窒息。如果她突然走进厨房找你，发现你居然在一场幽会中——如同一个受邀参加盛宴的人，在入座前贪婪地搜刮着冰箱——会发生什么事情呢？她还在沙发上等待着，现在双腿紧闭。她看起来就像一个不明白自己犯了什么错，却被惩罚的孩子。与此同时，我从房间里看到了你做的一切。我发现自己感到很羞愧，仿佛突然之间，你成了闯入者，我却成了你不慎行为的受害者。我不假思索地拉开一点窗帘，以便让你看到我，这一举动仿佛在徒劳地尝试偷走你最后一声喘息。然而，我房间里依旧一片黑暗，我那不甚体面的举动并未能引起你的注意，因为此刻你已经迷失在虚空之中。你加快了节奏，直到彻底释放。不知为何，那一刻我感到自己轻松了许多。你没有做任何清理，随即便拉上了拉链。你的表情出现了松动。厨房里刺眼的蓝光熄灭，你重新出现在客厅，她满怀期待地向你迎上去。我试图冷静下来，为自己的鲁莽感到后悔。我告诉自己，你并没有看到我。见你走回客厅，我很开心。她就在那里，穿着灰色的长筒袜，还有那条整晚都不会脱下的黑色小裙子，一脸天真无邪地等着你。

胃石

还有一种所谓的灵丹妙药，我得重点讨论，那就是胃石。它们是由一些食用自身毛发的特定动物（尤其是某种印度山羊）胃里的分泌物形成的。据说这些石头可以预防忧郁症和黄疸，还能用作万能解毒剂。

　　　　　安布鲁瓦兹·帕雷《演讲》

尽管我心里顾虑重重，但还是决定开始写这愚蠢的日志。从我们第一次会面开始，您就一直强调，让我把在这个地方的所忆所感都记录下来，这非常重要。不得不承认，这个地方很棒，靠海，远离喧嚣——除了我强加给自己内心的那些。这里不只是一家康复诊所，也像是一个水疗中心，美丽而安静。我房间的窗户面朝悬崖，这让我能体察到环境里每一丝最细微的变化。不过我确信，对这本该死的日志的读者来说（抱歉，医生，如果不发泄一下，我感觉自己的肺就要炸了），这类对我而言很重要的细节没有任何意义。我从未写过这种日志，所以不知道从何下笔。也许应该从我迫于身体状况决定入院治疗开始说起，又或许可以从我开始吸食各种致幻剂的那一刻开始——为了控制我的强迫倾向，现在它们都被您开给我的镇静剂取代，穆里略医生。很抱歉让您失望了。尽管在这里我确实没法吸食禁药，最多只能接触到您开的处方药，然而，您所做的一切并未驱走我心中的野兽。容我向您解释吧，强迫症状既不是从我抽第一根无辜的大麻烟开始，也不是从我发现自己无法停止自慰的那段时间开始的——我知道，我姐姐在会面的时候跟您说起过那个时期，您在上一次咨询里也提到过。很多年前它就显现出来了，伴随着一种您无法想象的习惯，因此，您甚至没有尝试帮我矫正。我在想，我到底要在这个与世隔绝的伊甸园里待多久，您才能发现真正的问题所在，才能明白其他的一切不过是一个单纯、遥远的童年举动引发的后果，尽管那动作并非完全无害。

我当时九岁。几个月前，我父母宣布他们即将离婚——我把这个信息告诉您，是为了让您满意，因为我非常清楚，您会把这种巧合看得非常重要。不过，坦白说，我觉得这更像是心理学家的迷信，就像粉刷匠永远不会从梯子下面走，电工总是会避免提到"猫"这个字一样。每个行业都有自己的偏信。

那是六月里一个阳光明媚的早晨，起床去学校变成了毫不费力的一件事，相反，上学前的每分每秒都变得比平时更漫长。我和姐姐路易莎站在妈妈的梳妆镜前梳头。她一如既往地梳着小姑娘那种忧郁的辫子，我则留起了一绺八十年代风格的红色刘海。母亲对早上该穿什么衣服犹豫不决，她在房间里来回奔跑，就像一只寻找逃跑路线，结果却不断撞在玻璃上的昆虫。她正跑来跑去，突然想起停下来检查两个女儿的仪容。透过镜中的映象，她批评的目光在我的刘海上停顿了一会儿。"如果你继续这样梳头，"她警告我说，"你的额头会越来越窄的。"我拉起头发检查，发现额头似乎已经缩小了一半。至少在那一刻我是这么认为的。母亲已经化妆完妆十分钟了，但化妆品还摆在梳妆台上：睫毛膏的盖子开着，腮红刷子没有放回盒里，还有那些金色的镊子，不知为什么，它们总是特别吸引我。我小心翼翼地拿起镊子，开始拔掉那些我认为侵占了我额头的头发。我记得，拔掉它们给我带来了难以言喻的轻松，仿佛每一根被拔掉的头发都代表着一个问题。

那天早上，我还弄清楚了头发的内部结构。我发现，除了我们都熟悉的外表，头发还存在一个隐藏的、黏糊糊的部分，也就是发根。这个部分让我产生了一种本能的厌恶。我感到的并不是恶心，而是一种憎恶，以及一种尽快将其根除的必要。我首先想到的是把发根塞进嘴里，然后吞下去。也许因为它来自我的身体，我觉得最合理的做法就是让它回到来处，那个深不见底的地方。这一切都在眨眼间发生，那个行为却没有结束于那天早上。那一整天，虽然没有随身带着镊子，但我用指腹不断重复着拔头发的动作。那时候，我的动作还显得很笨拙，缺乏日后随着年龄增长而习得的灵巧。谁会想到，那样一个随意的举动会引发伴随我一生的怪癖？如果母亲能料到这一

点，她肯定不会让镊子落到我手里。但最可能的
情况是，就算她注意到了我的行为，也只会觉得
那是我在当时偶然做出的古怪举动，过不了一周
就会自动忘掉。然而，出于某种我自己都不清楚
的原因，事情并没有那样发展。

　　自那以后，每当在学校遇到困难，老师教授
一些我无法理解的语法规则，或是当我迷失在方
向难辨的数学迷宫时，我就会回到那项仪式中，
仿佛通过咒语祈求庇佑一般。那是一种与世界断
开连接的方式，是我遇到绝对不想参与的生活时
转身逃避的方法。

　　医生，读到这里您肯定会好奇，为什么这样
的恶习没在我身上留下明显的痕迹。那个露头
皮的时期很快就过去了。每当还未掩饰好就被人
看见拔头发，我就会感到非常尴尬（有时候，我
甚至来不及跑进卫生间），更不用说被别人叫"秃
子"或"疯狂修女"了。因此，我学会了很好地
分配拔头发的区域。的确，在某些区域动手，会
比在另一些区域更令人愉悦。拔除毛发产生的快

感因其来源区域不同而有所变化，有些部位比其他部位更好，因此有"斑秃"的风险。不过，只要稍加探索，就会发现令人意想不到的快乐区域。比如，当我贪食的时候，腿部的毛发区就成了取之不尽的宝藏，不过那里远非我最青睐的部位。有些区域会更令人无法抗拒。有一根短而粗的毛发孤零零地长在我下巴下方，那是我最喜欢的地方之一。拔掉它给我带来了巨大的兴奋感，甚至诱惑着我去刮一刮下巴，看看能否刺激那里长出同样类型的毛发。

十月十九日

穆里略医生，也许您觉得，我提头发的事情只是为了避开成瘾的话题。不过，我坚信那才是其他所有问题的根源，可以说是万恶之母。如果您仔细想想，就会发现我多次改变过自己的强迫行为：只要停止酗酒，我就开始抽烟；我刚放弃大麻，转头又沉溺于致幻剂引发的快感；而当我感受过其他药物带来的欢愉，致幻剂就变得索然无味了。然而，哪怕待在这个没什么该令我操心的地方，我也没有一天是不拔头发的。

就在昨天，就在我试图决定是否应该把这一切向您和盘托出的时候，我又陷入了那种恍惚的状态。写前几页纸时，我开始把玩自己的鬓发，接着不知不觉地又拔起了头发。在那张快写满的纸上落笔的时候，我突然意识到了自己的动作。"我应该尽快把这一切告诉穆里略医生。"我心想，然而，我身体里的某样东西，或许就是您提过的那种反社会的叛逆，让我拒绝承认这一点。"我什么都不会说的，"我人格里的另一重声音回答道，"至少，我要保留这个私密的空间。"我浮想联翩之际，头发纷纷掉落在笔记本上，仿佛我生命秋天里的落叶。我在头上摸到一根蠢蠢欲动的头发，用手指把它夹了起来。"最后一根，"我向自己保证，"如果它带着发根，我就把一切都告诉穆里略医生。否则，我就继续独自面对这场无声的战斗。"我用力拔下那根头发查看：发根清晰可辨，但这个结果让我觉得无法承受，因此，我决定再试一次。我花了点时间去找另一根诱人的头发。在摸索的过程中，我的手臂开始发酸。终于找到了。我机械地重复拔毛的动作，不过这一次，头发末端并没有鳞茎状的发根，它看起来就像一根流畅的丝线。"三局两胜，"我暗自说道，"第三次一定能成功。"第三次，我又拔出了带根的头发，虽然和第一次拔的头发相比，根端没有那么明显。

　　我想，我停下来仅仅是因为手臂酸疼——毕竟长时间保持着我姐姐口中的"猿猴姿势"。从窗口向外望去，夜晚已经降临，直到这时我才意识到，自己为了做出决定已经反复思量了许久。我感到自己的肩膀和脖子紧绷、酸痛。我把桌上的头发收集起来，放进写字台的抽屉里。

十月二十二日

　　我带着一种羞愧感重新打开了日志。尽管做出了决断，我还是没能在今天早上提到那个问题。

医生，我不得不说，您没有给我留下任何谈及它的余地。但我早晚会这样做的，因为，正如您坚持自己的科学结论一样，我也给自己定下了一条规矩：永远不要背叛头发的预言。

十月二十五日

您现在要求我谈谈过往的经历，特别是和维克托相关的部分。在谈起他之前，或者说，在谈起我们不幸的相遇之前，我想先跟您交代下背景。穆里略医生，在我看来，写下这一切除了能满足您的好奇心，还能帮我自己抖除那些混乱往事（它们已然成了我的回忆）上积聚的尘埃。我深信，让我俩走到今天这一步的，都是一系列看似微不足道的小事，我会努力将它们回想起来。此外，我有预感，未来这本日志可能会对我有用，尤其是在我要面对质询的时候——不管是在法庭上，还是在自己的家人面前。

我想谈的是青春期最初萌动的岁月，对任何

人来说，那都是极为艰难的阶段，但对那些出于某种原因与所属群体格格不入的人而言，尤为如此。那段时间，我完全丧失了控制自身活动的能力。我每分钟都在不断重复那个动作。我的个人意志已经消失得无影无踪。犹如被风浪随意拖拽的海难幸存者，我任凭自己受习惯左右。我常常感到屈辱，觉得被自身强加的恶习凌辱，却不清楚这一切因何而起。我什么都掌控不了：无论是时间还是危机发生的地点——这危机包括拔下整片头发，而非一根。正如我之前所说，那时候我头上会反复出现大小不同的秃块，尽管我试图留约翰·列侬那样的发型来遮盖它们，但我的发量并不足以掩饰我的羞耻。当时，"梳头"意味着选择把哪些秃块盖住，让哪些显露在外。

对我父母来说，在社交场合介绍我成了一件棘手的事。把我带去教堂或家庭聚会之类的公开场合，会让他们感到非常丢脸。每每见到我那副模样，人们都会佯装没注意，但我的异状非常明显，到最后哪怕是最迟钝的人也会发现。

简而言之，我周身散发着一种呆板的气场，那是一种由伪装引发的强烈不适造成的。由于我还几乎是个孩子（我看上去总是比实际年龄小一些），人们探寻的目光会立刻落到我父母身上，仿佛为了接受我的异状，他们至少需要一个解释。在我那个年龄段，没有孩子的精神压力会大到这种程度。就算不全是我父母的错，他们也应该承担某种责任。就这样，我父母陷入了困境，他们只能寄希望于路易莎，她不但很听话，还非常淑女，在学校表现出色。他们把注意力都放在了她身上，整天都把她的优点挂在嘴边，如数家珍。

那些年里，影响我行为的不只是我难以控制的冲动，还有人们看待我的方式。我的同龄人要么对我充满鄙夷，要么对我心生恐惧。至于成年人，他们总是对我抱有怀疑的态度。任何事情发生在我这样的人身上都不足为奇——外界对我的这种看法出奇地一致，到最后连我自己都接受了。父母的朋友保持着足够的距离，因此能忍受这个事实；他们信誓旦旦地劝慰我父母说，时间会治愈一切，只要等我青春期过去就好了。

记得那时候，我手头有一本关于神话和传说的书。书中有一幅图，上面画着一个长发及腰的女人，手里握着一颗神奇的宝石。据作者说，在我们大陆某个遥远的地方，存在一种具有疗愈之力的石块或毛球——胃石。它是一种能解百毒的神药，也是完美的镇静之石。这一发现让我颇为不安。一方面，我觉得宝石和毛球很难混为一谈；另一方面，这个传说也有其合理之处：我拔掉自己的头发，是因为这能带给我一种完美的平静与安宁，哪怕只是一瞬间。

十月三十日

暴风雨之夜。

昨天吃过晚饭，我被诊所餐厅窗外的景色迷住了，在原地站了好几分钟。大海仿佛要将我们吞没。我不禁想起了维克托，我已经一个多月没有他的消息了。他还在这里吗？我不敢大声问出这个问题。上次咨询的时候，您问我是否还有做出过激行为的冲动。写到这儿，我忍不住停下笔大笑。医生，我生命里的每一刻，包括此时此刻，都在为您口中所谓的非理性的潜在冲动而挣扎。在我看来，这些可能性是世上最有吸引力的东西。就拿半小时之前的情况来说吧，护士敲开病房的门，说她带来了今晚的药，那一刻，我在犹豫是否要用椅子把她的脑瓜砸碎。

我并非对她有什么不满，相反，在我看来她是一位善良、乐于助人的女士，然而有时候，仅仅是她的存在本身就足以激怒我。

那天，当我接过你递给我的那张字条，看到回信地址清晰地显示着维克托的字迹时，我犹豫过自己到底是应该当场从窗户跳出去，还是等到诊所的灯熄灭再采取行动，让海湾上灯塔的光照亮我最后的身影。如果一个人长期被一些既非本意，也非受到外来思想影响而产生的动作控制，如果一个人的自我意志已经松弛到了这般地步，那么他永远不知道下一秒会做出什么事，更不知道自己的行为是否会被认为"不负责任"。不过，就像掩饰皱纹或其他皮肤的瑕疵一样，人们也学会了掩饰这些缺陷。我的直觉告诉我，您很清楚这一点。我想再跟您讲一些我的事，也许您会更好地理解我。

到了十七岁，我摇身变为瞒天过海的行家。虽然并没有完全恢复正常，但至少我不会再经历那些令人难堪的放纵时刻了。我还是会拔自己的头发（从站在母亲梳妆镜前的那一刻开始，我就没有一天是不拔毛的），但学会了掩饰这个癖好。我脑子里装满了伪装的技巧和花招。我不再留那种八十年代时兴的发型，取而代之的是一头红色长发。由于头发浓密，所以没有人会想到，发丝之下藏着好些秃块。

比方说，我可以做到整晚在餐厅里和朋友聊天，却不让任何同桌人或其他客人注意到我拔毛的动作。我可以一边揪头发，一边和朋友说私房话，听她畅聊夏日时尚潮流，或是让她和男朋友分手的那些所谓不可调和的矛盾，却不耽误手里的小动作。

只是在接近打烊的时候，收走碗碟、清扫桌底的服务员会发现一大缕红色的痕迹，就跟在理发店的椅子周围出现的头发一样。但这对我来说已经不重要了。我总是会开心地走出餐厅，脑子里除了继续狂欢，其他什么都不想。我的生活变得可以正常运转了，请您相信我，这是我人生中最大的成就。任何人，只要摆脱了像我童年时经历的那种噩梦，就会意识到无人在意会带来一种多么轻松的解脱感。有人肯定要问，到底是什么让我走到了今天这样的地步——形销骨立，彻夜难眠，成瘾到无法自拔，最终来到这家诊所。医生，现在我就把这一切告诉您。但请您耐心读下去，我不想遗漏任何重要的细节。

我刚才提过，对我来说，重新融入社交生活是一项无与伦比的胜利。不得不说，达成这一目标之后，我的人格发生了巨大的转变：我变成了一个外向的女孩，身边总是围绕着朋友，追求者也络绎不绝。那些年，我身上散发着迷人的魅力，就连我姐姐路易莎也相形见绌。我诱惑别人的能力源于永不枯竭、亟需弥补的挫败感，因此，它几乎是一股能席卷一切的力量。刚升入大学不久，我就被一家模特公司相中，而我的一头红发常常会出现在洗发水和美发产品的电视广告里。我热衷于参加派对，正因如此，我在模特公司混得如鱼得水。虽然谈不上有百万收入，但获得的报酬也足以让父母对我的未来发展放心。

从表面上看，我的生活与别人并无二致。然而，我生活里缺乏一种几乎无人能够舍弃的东西。最开始，这东西对我而言无足轻重，但在不知不觉中，我开始渴望它了。那就是亲密关系。我身边的关系完全缺乏真诚与信任。然而，我清楚地知道，成为众人议论的对象会带来怎样的后果，无论如何，我都不愿意冒这样的风险。对我来说，拥有一个可以向其倾诉烦恼和最隐秘梦想的朋友，只是个幻想而已。虽然我挺喜欢有些追求者，会和他们约会，但我与他们的关系仅限于偶尔见面，而且通常都是在深夜或烂醉的情况下。我不知道自己还能继续这样过多久，也许一辈子都这样了，但或许这样才是明智的。表面看来，我与人交往的规则显得随心所欲，但它们支撑着我的生活，违反规则便意味着生存秩序的毁灭。不过，穆里略医生，您还记得吗，正如一句古谚所说，规则是用来打破的。和许多掌握了如何平衡自己独特生活方式的人一样，我不由自主地想拔去支撑这个布景的大头钉。

这一切都发生在我遇到维克托·吉卡那天。维克托的姓氏源自摩尔达维亚公国，我的朋友们因此给他取了个绰号叫"鲁马诺维奇"。[1] 维克托与我属于同一家模特经纪公司，他主要拍内衣广告。在我出镜的几本杂志和其他街头巷尾的广告上，我多次看到过他赤裸的身躯，心想定要亲自体验一番。至于外界流传他是虐待狂还是变态，

---

1 摩尔达维亚公国（Moldavia）西部现在属于罗马尼亚，而维克托的姓氏吉卡（Ghica）多见于罗马尼亚地区。绰号"鲁马诺维奇"（Rumanovich）是由"Ruman"与后缀"-ovich"组合而成的，意为"罗马尼亚之子"。

我都不太在乎。对我来说，没人能占我的便宜。现在只需要找到合适的时间与地点。

夏末，我们在舞蹈宫举办的派对上相遇了。我整晚都坐在露台的围栏边，一面来者不拒地接下朋友们递来的干马提尼，一面把橄榄核抛下楼。我穿着一条棉质齐膝花裙。经过日晒，我的双腿呈发亮的古铜色。我没有离开露台有两个原因：一是因为这里人比较少，我可以在栏杆上放我的酒杯，无需请人拿着或是找地方安放它；二是因为我背倚围栏，没有人能站在我身后，看到我的头发正飘落深渊。城市的景色美不胜收，海风拂过，我们因太阳曝晒而火辣辣的皮肤感到了丝丝凉爽。那晚，若不是在人群中认出了维克托·吉卡，我是绝对不会离开露台的。

看到他进来时，我已经喝得醉醺醺的了，懒得费心找接近他的理由。我平衡着摇晃的身体走到大厅，挤到吧台处，在他身边坐下。我从口袋里抽出一支烟，执行了撩汉手册中最基本的一条：

"有火吗？"我望着他的眼睛，问道。

鲁马诺维奇微微一笑，将手伸进了口袋。他掏出一个银色的打火机，在点燃之前做了个奇怪的手势。火焰升起时，他的指关节发出了咔嗒的声响。我心想，这家伙还挺有范儿。维克托叫来酒保，点了一杯啤酒。紧接着，他望向我，问道：

"我给你点杯马提尼吧？"

走向露台时，鲁马诺维奇信誓旦旦地对我说，在之前的好几场派对上，他都注意到了我。

鲁马诺维奇在照片中展现的形象，与他的真实情况并不相符。在内衣广告中，他看起来豪放不羁，散发着一种斗牛士般的性感和威慑力；然而在现实生活中，他看起来有些内向，甚至显得精神紧绷。他透出一股书呆子气，不光是因为戴着眼镜，还因为他每句话的措辞都很谨慎。在我们共度的第一晚，他告诉我，在模特公司工作只是为了谋生，他真正的热情所在是哲学。鲁马诺维奇与其他混迹模特界的年轻人不同。仔细想来，他与我认识的所有人都不一样。

来到露台上，我回到了之前的位置。鲁马诺

维奇谈论着大学和未来计划，我则沉浸在最为迷恋的恶习之中，不过，这一次我的动作更为谨慎。这个家伙身上的某些东西让我非常不安，也许是他质疑我所处环境的方式，对我来说过于充满探寻意味的目光，又或许是他指关节弹响的动作。这份不安加剧了我拔毛的冲动。

我们在舞蹈宫花园的温室里度过了那一夜，身旁的花盆里种着不同种类的仙人掌。我记得，我们在植物的簇拥中等待黎明。我们一边抽烟，一边看太阳将塑料门帘染成红色。我的裙子沾上了体液，古铜色的双腿上则留下了泥土的痕迹。

"你喜欢仙人掌吗？"鲁马诺维奇问。

"不太喜欢。"我耸了耸肩说。

"真奇怪。我以为你会很喜欢的。"

在回答之前，我深深地吸了一口烟，让烟雾缓慢地在清晨的寒冷中消散。

"啊，是吗？你这么想？"我问道，"可以告诉我原因吗？"

"不知道，"他说，"也许是因为有刺吧。"

我拉开温室的塑料门帘，走了出去，然后伸了一个夸张的懒腰。

维克托开车送我回家。我们到的时候，发现他的照片已经从公交车站的广告牌上撤了下来。

不管您怎么想，穆里略医生，我当时并没有打算与维克托再次见面。那天早上，我在离家一个街区远的地方下了车，而且在分别时给了他一个假的电话号码。并不是我不喜欢他，恰恰相反，我觉得他神秘而迷人。但我的规则就是这样：没有一个男人可以从我这里得到第二次机会，尤其是在我清醒的情况下。

"周日我会打给你的。"在我谎称的公寓楼门口，鲁马诺维奇用一种浪漫的口吻向我保证。我则报以一个忧郁的微笑。我曾在潘婷洗发水的广告里使用过这种微笑。他离开后，我走回了自己家。我记得，那个周末，我经历了宿醉可怕的折磨。最让我苦恼的是，自己在派对上扯掉了太多头发。从淋浴间出来后，我觉得哪怕最好的生发摩丝也无法拯救我的头皮了。我也许会退出社交圈几个月，直到发根重新长出来：考虑到我与模特公司签约还不到一年，这可能是个自毁前程的决定。越是想到这一点，我就越是无法停下手头那不光彩的动作。

那个周日，我没有接任何人的电话。我告诉母亲，由于头疼，我会在房间里闭门不出。然而到了下午，母亲实在受不了了，于是上楼来敲我的房门。

"这已经是那个男的打来的第六个电话了。他说如果你不接，就会找到家里来。"

我简直不敢相信。鲁马诺维奇已经弄到了我的真实号码，说不定也有我真正的住址。

我毫不怀疑他会将威胁落实。于是，我接过电话，大声说让他去死。

结果，那个周日，我和他在伦敦街的一家日料店共进了晚餐。那天晚上，维克托的帅气分毫不减，看起来却更紧张了。

在上菜之前，他就摊牌了：

"我知道你喜欢我，"他用天鹅绒般虚假的嗓

音说，"一眼就能看出来。"（我的沉默显得含糊
而暧昧。）

"我也很喜欢你，我想跟你结婚。"

（这一次，我露出了克制而嘲讽的微笑。）

"我知道你以给情人判死刑为乐（这是谁告诉
他的？），但我永远不会让你这样对我。"

他一边说，一边打着响指，点燃了烟。

我选择了善意的策略，用尽可能最温和、友
好的语气对他说，请原谅我，出于某种无法解释
的原因，我是不会交任何男朋友的。我向他保证
说，他是经纪公司里最帅气、最有想法的男人，
我还建议他去找个年轻的女大学生，最好是学哲
学的，也许能真正理解他。

"唯一能理解我的人就是你，"他说道，"不
过，你实在是心不在焉，所以没有发觉这一点。"

"但问题是，我不想理解你，"我失去了耐心，
"我劝你（当时比较流行这种说话方式）最好不要
缠着我。"

寿司上了桌。鲁马诺维奇用他修长的手指拿

起了筷子，静静地看着我。他身上的白色衬衫映得他更加光彩照人。我问他，这件衬衫是拍了罗意威的广告拿到的，还是自己花钱买的。

"请你不要转移话题，"他说，"我来就是为了说服你的。让我想想，你从来没交过男朋友吗？中学的时候也没有过？"

"没有。"我回答说。

"现在你遇到了真命天子，你会就这么让他从生命中溜走吗？"

"这是你一厢情愿的想法。"我说。然而，内心深处的某种感觉告诉我，维克托说得没错。

"这完全是合理的想法，"他用摩尔达维亚式书呆子腔回答道，"但即使这对你我都不利，你也别无选择。"

我惊讶于罗马尼亚的风格竟然与墨西哥乡村牧歌如此相似。

我看了看表。在过去的一个多小时里，我一根头发都没有拔。为了庆祝这一进步，我决定点一个绿茶味的冰激凌。喝第三瓶清酒的时候，我感觉大米发酵的热气直冲我的脑门。维克托的魅力不可抗拒。再多亲他两口又有什么损失呢？

"我观察你已经有一个多月了，"他说道，"当时，你让我在一栋楼前停车，我很清楚你并不住那儿。我也知道你给我的电话号码是假的，而只有受到威胁，你才会再次见我。我还知道，你不愿和我约会，是因为怕我发现你拔头发的癖好。不过，亲爱的，我早就知道了。"

清酒带来的醉意瞬间烟消云散。维克托已然变为外表纯洁、内在邪恶的白色刽子手，成了我所有恐惧的化身。我没有回答，只是借口要去卫生间，起身离开了。穿过餐厅的时候，我感觉自己随时可能晕倒在地。等到周遭无人的时刻，我用冷水打湿了面孔，试图冷却脸上骤然升起的体温。我点燃一根烟，权衡着我为数不多的一些选项：我可以否认一切，指控他诽谤；我可以诬告他性骚扰，让他对我的指控都变得不可信；我也可以剪断他汽车的刹车，制造一场车祸。我嘴角带着笑意回到桌前，假装糊涂。

"想想看，"我开口道，"你刚才说了些什么蠢话？"

"我很喜欢你的不老实，"他回答，"但这对我没用。在本质上，我们是很相似的人。虽然我不拔头发，但我有其他怪癖。你好好想想，美女：我能给你其他人无法给你的东西。"

我请他送我回家。这一回，我是真的犯了头疼，想呼吸下新鲜空气。

维克托付完账，拿出泊车小票，让门童将车开到门口。他不再说话，我也不发一言。等车开到高速公路上，他打开天窗，放起了音乐。披头士的乐声在路上响起，但我们并没有朝我家的方向驶去，而是驶向上城区，去往舞蹈宫的温室。

十一月八日

年终将至。花园里的树木在一点点变红，宛如我那可笑的红发。尽管我已经服用了药物，但依然无法戒除恶习。离收到维克托的字条已经过去两天了。他告诉我，他也住进了这家诊所。他想再次和我见面。我无法准确描述这个消息给我带来的感觉。最接近的词是"恐惧"。穆里略医生，请加强警戒。我不信任他那表面看似平静的态度。

十一月九日

昨天下午，从咨询室回来的路上，我遇到了住在隔壁的女人，她的鼻子会一直不自觉地抽动。她房间的门开着，我看到她在床上大声喊着。"关掉空调，"她叫道，"我要冻死了！"

事实上，天气很热。海风几乎吹不到诊所这边来。

"什么时候听说过八月会冷？"陪着我的护士嘲讽地回答道。听到女人的呼喊让我觉得好多了。我一直钦佩那些敢于喊出来的人。"如果我能像那样大喊大叫，"我对护士说，"我可能就不会在这儿了。"

十一月十一日

维克托坚信自己会成为我的真命天子，这一点不无道理；而我坚信最好不要开始这一切，这一点也没错。尽管如此，三周后，我们还是决定同居。我们租了一间公寓，正对着一座公园。现在看来，我们爱情故事最初的那段日子显得遥远而不可思议。如今，我很难相信我们是幸福的，也很难相信，在生命的某些特殊时期，"私密"这个词可以容纳不止一个人。我向维克托倾诉了我从未向任何其他人透露的秘密。然而很快，失望便开始了。

医生，请您不要误会，我们的问题并非出在他用罗马尼亚语思考，而我用西班牙语思考，也不是出在他对文字充满热情，我却毫无共鸣，更不是因为我们在装修公寓时产生了分歧。简而言之，我们的矛盾不在于我们的差异，而是在于我们无法摆脱的相似之处。很多时候，我并不满足于偶尔克制地拔一两根头发。我会把自己关在卫生间或卧室里，用镊子拔毛，沉溺于一场场真正的拔毛盛宴。这种过度沉溺的行为有时会持续好几个小时。我对着卫生间的镜子或是坐在床上，手握粉扑，对眉毛、太阳穴、腋下或任何在当时引起我注意的身体部位展开攻击。那几个月，我的工作强度很大，以至于身心俱疲——任何了解模特行业的人都可以证实这一点。如果没有拔毛的发泄时刻，我不知道自己该怎么撑下去。在维克托面前，我依旧对此感到羞耻，但至少我可以向他倾诉。他会默默地听我诉说，大多数时候手里会拿着一支烟。他脸上没有出现令人厌恶的怜悯（有些人看到精神病患者时会流露出那样的表情），也没有显出那种对此一无所知的轻浮。他完全了解问题的严重性，但同时知道那是可控的。与他说话的时刻是一种真正的解脱。我们就像两个在陌生星球上流浪的秘密流亡者。

在他人眼里，维克托的怪癖也不易察觉。必须仔细观察才能发现，他会强迫性地弹动手指。我一开始以为，这是为了展示他的个人风格，但事实并非如此，只是因为他的动作非常自然，指骨发出的声响几不可闻。然而几个月后，这个原本完全可以容忍的动作开始让我感到烦躁。渐渐地，我的耳朵对这样的弹指声变得敏感起来。每当他在厨房里做饭，我在房间都能听到他手指的弹响。对我来说，他指骨发出的声音就是一种致命的音符，它们出现得如此频繁，我无法忍受。穆里略医生，如果您，或是您的任何一个学生，觉得我为这点小事就感到绝望，从而认为我是一个不知感恩的人，那么我想在诸位评判我之前申明，我已经默默忍受了好几个月这样的折磨。然而，到了某个时刻，我再也无法忍受下去了。我的怪癖会突然发作，他却无时无刻不受那个手势的支配。晚上，我们睡觉时，他骨头的弹响标记着时间的流逝，和闹钟形成鲜明的对比。他没有一刻能停下手指的动作，哪怕在过性生活时也是如此。

看到与我们共同生活的人身上反映出我们自身的缺点，这是一种令人难以忍受的经历。您能想象自己每天和一个浑身长满毛的凶悍护士一起生活，看到她就想起自己海象一般的模样吗？您肯定也受不了。问题是，穆里略医生，我爱维克托，更糟糕的是，我确信他是我唯一可以信任的人，无论如何我都离不开他。

十一月十二日

每当离开房间之前，我都会盯着门上的猫眼，等到走廊空无一人、寂静无声的时候，我才会出门。我害怕在通往浴室或餐厅的路上遇到其他病人。谁知道呢，来这个地方的人可能友善，也可能很危险。最近一段时间，人类让我感到怀疑，我宁愿与他们保持距离。与我不同的是，维克托从来不害怕其他人。他从不介意别人看到他弹手指，或是把纸片叠到微型的尺寸。在他看来，这些怪癖符合他哲学家的个性，是他追求特立独行的代价。我承认，在某种程度上，他的厚脸皮总是让我佩服，但他的态度实在让我感到不舒服。一个陌生人公开展现自己的黑暗面是一回事，拥有一个"怪胎"男朋友又是另一回事。整个童年，我都被当成异类，如今，我无论如何都不想再和怪异的举止扯上关系。

每次听到那可怕的响指声，痛苦和紧张便会从我脸上一闪而过。他也注意到了这一点。我不知道该如何解释，随着时间的推移，那些最初听起来顶多是轻微环境噪声的咔嗒声，变得令人倍感折磨。它产生的效果类似五根手指的指甲慢慢刮过黑板发出的声响。我知道，这两种声音在本质上很不一样，持续时间也不同，但对我来说没有任何差别。据说，流水不断滴落在地牢地面上的声音，可以在几天内摧毁囚犯的神经。医生，我向您保证，和一直不停打响指的人一起生活也差不多。

我开始和他保持距离，为了避免和他待在一起，我找遍了借口：如果有聚会，我宁愿自己待在家里，享受一个没有无休无止噪声的宁静夜晚。我甚至产生了离开他的念头，想要忘记他的存在，去享受绝对的安静，就像在这家诊所里一样——

只要隔壁的病人不胡言乱语。然而我还是想和他谈谈，看看能不能做点什么来挽救这段关系。

我们尽了最大的努力，虽然在很大程度上，我们减少了各自症状发作的频率，但这并不足以让我们忍受彼此。就像我每次都能听到他打响指的声音（哪怕在几米之外也能听见），他也能在我开始拔头发之前就察觉到我的冲动。我们的生活中充满了埋伏，全神贯注地监督着对方，同时却试图逃离这种监督。然而，我们都无法忍受这种同居生活中的压抑，也无法忍受自我审查。

忍受了数月的鸡飞狗跳后，我开始考虑寻求专业帮助：如果我们继续在一起，就必须做出不可违逆的决定，甚至尝试最为屈辱的解决方法。

我们考虑了不同的方案，并尝试了不少办法，其中包括匿名参加强迫症集体治疗。然而，我们的尝试全都失败了。这种类型的集体治疗建立在参与者相互理解的基础上，而几乎所有人需要戒断的都是吸烟、药物成瘾或暴饮暴食。对他们来说，我们的症状是个笑话，因为他们很难相信有人会对这些行为上瘾。我提议去看精神科医生，找个研究这方面问题的专家，但维克托拒绝了。整个童年时期，他都被父母拖去不同的诊所治疗，但谁都无法从科学上找到一个办法，来有效解决他认为的根源性问题。

然而，今年夏天带来了一个新的希望：邻居送了我们一瓶"特调混合剂"，是用不同种类的大麻和少量其他药物调制而成的。我们发现，这种药水是个立竿见影的良方。它不仅让我们对彼此的强迫行为变得不那么敏感，而且让我们放松下来，沉浸在各种各样的幻觉中，从而在很大程度上抑制了我们的强迫行为。

从六月到九月，维克托与我过着平和的生活。家里恢复了我们相爱之初那种节日般的氛围。然而，这种"灵丹妙药"迟早会用尽。维克托行事一向谨慎，从八月中旬开始，他就减少了混合剂的摄入。即便如此，到了九月初，瓶子里只剩下那些无法重现的安宁日子残留的气味。我们恳求邻居再卖给我们一些这种神奇的药水，但一切都是徒劳：收获的季节已经结束了。

这就是我们尝试服用其他药物的原因。不过，我们一直没有掌握合适的剂量，因此经历了货真价实的惊恐时刻。吸食纯大麻也没有之前的效果。医生，您和我的家人认为，我们之所以服用这么多不同的药物是因为上瘾，不，我们是因为绝望。维克托和我只是在寻找能让我们继续一起生活的东西，仅此而已。邻居的混合剂奏响了我们故事的最终章，是垂死者在临终前最后感受到力量的时刻。

十一月十五日

您敦促我赶快写完日志，以便开始下一次谈话。我不介意告诉您发生了些什么，但我提醒您，我这次写下的种种细节，对于丰富我入院时所述的版本几乎没有任何帮助。

正如我之前对您说过的那样，在我们决定自我隔绝的前夜，维克托参加了经纪公司举办的一场时装秀，我不想陪他去，所以没有出席。我租了一部电影，点了两个比萨，准备享受渴望已久的独处，但我做不到。我浑身紧绷，整晚都在担心他回家的恐惧中度过。焦虑感不断攀升，最终化为一股将我拽向卫生间的猛烈风暴。他到家的时候，发现我站在盥洗池前，指间夹着镊子。我周围散落着红色的毛发，昭示着不久前发生的"屠杀"。我肆无忌惮地拔了两个多小时的头发，头顶上有两大片是秃的。

"我受不了了！"见我这副模样，维克托大吼道，一股酒味扑鼻而来，"这几个月以来，我做梦都想给你剃头。"他一边说，一边将握紧的拳头砸向卫生间的门。从他指关节流下的血，让我心里涌起了一阵奇异的解脱感。

或许，那晚是我们最接近救赎的时刻，只是我们没有辨别出正确的道路——喝一杯热椴树花茶，然后上床睡觉。重要的事情总是最好留到早上再讨论。然而，我们选择了最为熟悉的办法：打电话给药贩。等待的时候，我包扎了他受伤的手，希望他不要太快拆掉纱布。

我们买了足以关起家门享用三周的药物。我们很少外出，出门也只是为了买水和食物。在那三周里，我和维克托向我们共同的生活致敬：一遍遍听我们所有的唱片，向彼此展示之前对方从未看过的照片。我发现了鲁马诺维奇六岁那年在布加勒斯特的列宁广场玩雪的照片，还有他十五岁时在示威活动中分发必胜客的照片。他看到了父母家里瘦骨嶙峋的我，旁边是我姐姐路易莎，她展示着一头修女样式的美丽头发，以及和如今的我一样奇怪的面孔。结局即将揭晓，为了不坐下来哭泣，我们继续服用药物，但这不过是加速了冲突的爆发。

十一月十七日

有些火山会持续活跃数十年之久，最终，人们慢慢学会了与其持续的威胁共存。我一直能感受到内心潜藏着一种暴力，它从未通过行动表现出来，因此我甚至开始相信自己知道如何控制它。我不确定是药物，是与维克托共处的封闭空间，还是我童年的照片激发了内心的暴力，但事实就是，有一天，我再也受不了了。当你一生都在害怕发生某件事情，它必然会以最不合时宜的方式降临。当时应该是下午两点，我正在厨房准备午餐，制作一份用洋蓟和红椒拌成的沙拉。我们保持着每天在抽烟之前垫垫肚子的习惯。透过厨房的窗户，我望向外面澄明而美丽的天空，心想，继续待在公寓里太辜负这天气了。再加上药物也快没了，我们得决定到底是再买一些，还是彻底戒掉它。

我正在思考这些问题的时候，维克托端着一杯威士忌出现在我面前。他瘦了很多，所以睡裤松松垮垮地挂在胯部。他靠在厨房台面上，用没有受伤的那只手把玩着我扔掉的菜叶。在那个脆弱而卑鄙的时刻，他弯曲食指，在我面前弹响了拇指的两个关节，那声音仿佛钻进了我的大脑。那是一种本能反应：我将切红椒的刀偏转过去，猛地刺向他细长的手指。维克托惊叫起来。他左手中的玻璃杯掉到了地上。看到鲜血四溅，我的身体很聪明地选择了晕厥。就这样，他不得不又要忙着叫救护车，又要用鲜血淋漓的手藏起剩余的药物。他的手指没有被切断，但他还是留院了几天清理伤口。与此同时，我开始打包行李，准备入住这家诊所。

十一月二十三日

昨天是在凌晨，但一天的其他时段也发生过。就在我最不留神的时候，我会感觉自己似乎听到了维克托打响指发出的咔嗒声。医生，他还在这里吗？如果他还在，我们最好不要见面。

十一月二十五日

昨晚，我又一次忘记吃药了。医生，我们要花这么长的时间去习惯一些事情啊，您不觉得难以置信吗？虽然戒烟或养成锻炼的习惯需要花费数年时间，有些癖好却从一开始就融入了我们的日常生活。我想到了我在这里的邻居，她花了多长时间才养成每五分钟就抽动一下鼻子的习惯呢？这个习惯是否在回应某种她无法摆脱的情绪，或某个无法停止的念头呢？童年的某个早晨，我在母亲的梳妆台上发现了镊子，仅仅因为这件事，我的人生就以这种方式被决定了，这怎么可能呢？有时候，我会在拔头发时思考摆脱这个恶习的难度。我觉得自己一直在延续这个习惯，就像昆虫无法停止吸食自古以来就吸引它们的花蕊一样。医生，可能这话听起来很荒谬，但有些时候我相信自己有无数的前世，而在那些轮回里，我也在无可救药地拔自己的头发。

十一月二十七日

　　十一月就这样过去了。我是十月初来到诊所的，如果不了结这一切，我不会离开。我已经跟维克托约好，今天下午在悬崖附近见面。我们两个人中必须有一个离开这里。无论如何，我想让我的亲人（如果维克托能活下来，那也包括他）明白，我一直爱着他们，我从未想过伤害他们，但习惯的力量比我任何美好的意愿都要强大。我要感谢父母一直容忍我到今天，我也要向维克托道歉，抱歉无法做到忍受他。如果下午我未能成功摆脱他，那么我确信，没有我的怪癖，他会活得更好，也终将带着解脱（那种他无法让我感受到的解脱）承认，这个世界不可能容纳如此相似的两个人。如果没有了结在悬崖上，我会一直待在这里，多久都行。您看，兜兜转转这么多年，到头来，我还是在寻找同样的东西：获得完美平静的秘诀。

SPRING 野
更具体地生长

策划编辑｜苏　骏
特约编辑｜苏　骏

营销总监｜张　延
营销编辑｜许芸茹　韩彤彤　张　璐

版权联络｜rights@chihpub.com.cn
品牌合作｜yw@chihpub.com.cn

野望
MOUNTAIN SPRING

出品方　春山望野（北京）
文化传媒有限公司

Room 216, 2nd Floor, Building 1, Yard 31,
Guangqu Road, Chaoyang, Beijing, China